U0013455

幸福的樣子

廣末的思考地圖

—散文集—

廣末涼子

前言

我是一個正向的人。

即使如此，偶爾我還是會陷入低潮。

我是個拖延症患者，總是會心存僥倖地想說「反正還有明天」。

即使如此，偶爾還是會碰上漫長到看不見盡頭的日子（無法終結的一天）。

我是在南國土佐長大的，當地的風俗民情及居民的性格都相當樂觀，而且每個人都非常喜歡各式各樣的祭典！於是造就了開朗陽光的我、單靠活力滿滿這個唯一的優點就到處橫衝直撞的我。

不過可能也正因為如此，我才能把正面的能量帶給大家，讓人們都能笑容滿面，不是嗎？

如果我可以用「演戲」之外的其他方式激勵人心的話，那就太好了……如果我可以用「演員」之外的其他身分鼓舞士氣的話，那就太好了……

在三開頭的年紀即將邁入尾聲的時候，我心中興起了這樣的想法，剛好出版書籍的機會也來到了我面前。

到目前為止，若說我這個人對世界帶來了些許改變，或是傳達了些許觀念，基本上全都有賴於我的工作。但我終究也是個人，所以我相信除去演員這個身分之後，我應該還是可以針對漫長的人生或不同的生存方法提供一點意見……就是這樣的想法，讓我決定接受挑戰。

在我的成長過程中，一路都有哲學家們的睿智言論陪伴著，像是我熱衷於「自我探索」的時期，正是哲學家們帶領著我逐步靠近那個「答案」；而那些難以成形的觀點與想法，也是哲學家的思維給了我輪廓框架。

整個高中及大學時期，我的包包裡除了幾部劇本之外，也一定會有哲學書籍。

隨著時間的推移，現在的我也已經進入「不惑」之年，四十一歲的年紀，卻還是迷迷糊糊的，跟孔子說的完全相反。話雖如此，但我還是想重返哲學的世界，將那些年喜歡的哲學思維寫下來。此時此刻，位在人生折返點的我，並沒有想要待在舒適圈，反而希望能接受新的挑戰。基於以上的想法，我開始拿起了筆，展開人生第一次的撰書體驗。

原本我設定的是「一百則廣末喜歡的哲學經典語錄」，不過最後只收錄了六十則，請多多見諒（哈哈）。

我試著挑選出能夠帶給我力量的話語，以及能讓每天的生活變得多采多姿的話語，讓我在一覺醒來仍能充滿活力的話語。

當然除了哲學之外，我還挑選了其他類別的語錄，包含我喜愛且尊敬的女性們所說的話等等。

並且，我也會用自身的經驗及想法，將這些語錄串聯起來，這就是本書的基調。

話說回來，我並不是一個專業的作家，我的「廣末式文稿」幾乎沒有文采表現可言，所以說不定很難引起共鳴……

但若是能讓人噗哧地會心一笑，或是暖暖地感到心有戚戚焉……

或者甚至是，能夠讓人稍微地提振起精神來……

那我就心滿意足了。

目錄

● 本書的內容取自於二〇二〇年六月至二〇二二年三月期間所完成的文章。在書中登場的事件或日期，均保留撰寫當下的樣貌。

● 關於本書中所提及的名人，在最後面的「名人介紹」有簡單的經歷資料，敬請參照。

● 本書所引用的名言出處，均收錄於附錄的「引用文獻一覽」，部分譯文有經過精簡及修潤。

第一章　我是誰？他人又代表什麼？

01

別太過保護自己

老是把自己保護得太周全的話，最後會因為保護過度而變得脆弱。

——弗里德里希・尼采

我很難掙脫「自我設限」的思維

我先生經常會跟我說：「涼子好頑固啊。」

某次上了一檔節目，美輪明宏老師在節目中幫我占卜，或者應該說是跟我進行了一場心靈對話，總之他也跟我說：「妳應該是個頑固的人吧？」

我並沒有打算要全然推翻這樣的說法，不過說實在的，對於他人的意見，我是願意聽進去的，包含像是導演的指示，我也會照單全收，而且，我覺得自己算是還挺能隨機應變的人呀……

不過，先生從幾個月前就叫我一起共用 Google 行事曆，我的確到目前為止都還沒有辦法做到。對我來說，工作方面的行程是用 timetree 與經紀人共享；工作時需要保母幫忙的話，也會用 line 聯繫預約；孩子們的每日行程，或是學校方面需要確認的事項，則會記錄在家庭行事曆上，並與其他家人共享。

除此之外，其他像是給我上課的幾位老師，都會用 mail 跟我互動；長男留學的學校也會寄很多英文的 mail 過來；再者，日本的幼稚園及小學則是會透過「マチコミ」（註1）或「らくらく聯絡網」（樂樂聯絡網，同樣是社群APP），將訊息發送到手機上，方便家長隨時確認。所以說，先生的提議（或者該說是期待）對我來說等於是得要再增添一些電腦操作的程序，但我每天都被家事和工作追著跑了，所以這件事就一直被我往後推遲。

我想可能就是因為這樣，所以才會被說「頑固」吧……對此，最近的我也開始有了一點點的自覺。總之，包含寫書這件事，我也沒有用手機記在行事曆上，而是寫在自己的筆記本裡頭。自己訂好的規矩就不會輕易改變——我想這就是我天生的性格吧。

尼采說，老是避開自己不擅長的事，一心只想挑容易的事情做，這麼一來會變得越來越脆弱。話裡所隱含的危機，我是能夠理解的。用更宏觀的視野來看的話，我的確已經停止自我進化。

儘管如此，對於現在的我來說，要共用 Google 行事曆真的有點麻煩，所以恐怕還是做不來吧（苦笑）。

註1　日本在地的社群APP，多用於社區及學校的聯繫。

02

存在本身就很不可思議

我思故我在。

——笛卡兒

因為有他人存在，所以我才能存在

這句笛卡兒的經典語錄，可以說是相當有名，不過仔細一想，我好像從來沒有深入去思考過這句話的真正意涵，只是單純覺得：「啊，笛卡兒真是一個喜歡思考的人呢」；「喔，原來透過思考可以確認自己真實存在呀……」

不過話說回來，如果要由我來說的話，這句名言會變得如何呢？有什麼東西能夠確認我真實存在？或者更進一步來說，我到底是誰？

你曾思考過類似的事情嗎？在忙碌的每一天不斷推進的過程中，是不是很多人都錯失了思考自己是誰的時機點。

在哲學的領域裡，思考「我」是誰一直都是最引人入勝的議題。說起來，我在高中時期也曾捧著心理學及哲學的書籍猛看，為的就是要找出「我是誰」這個問題的答案。對於自己找不到的答案，以及無法用言語拼湊形容出來的思維，存在於書本之中的哲學家們，可以給我各種形式的提示，當時在閱讀過後的那種腦袋清晰明澈的感受，我到現在都還記得。

那麼，現在如何呢？

「我是誰？」

過去有很長一段時間，我再怎麼思考也想不出答案，喔不，應該是說這個問題的答案尚未在我的心中成形。那麼，對現在的我來說，又會如何看待這個問題呢？

現在的我有兩個身分，演員及母親。從事著兩份事業，演戲及育兒。所以我每天在做的事情就是演出、分享、表達、養育、守護，並且與孩子一起成長。

照著寫出來之後，我發現到：以上的每一件事，都不是我自己一個人就能做到的。

每件事都需要幫手。觀眾、閱聽大眾、孩子們、家人……如果沒有這些角色的存在，那麼我所做的一切就沒有意義了。

我並不是我所想像的那個自己。

從別人的角度來看的話，我不也是「他人」嗎？也就是說，我之所以能夠存在，正是因為有他人存在。

他人的存在，讓我能夠像這樣發光發熱。

就是因為有他人存在，所以我才存在。
這就是現在的我心中的答案。

03

出於個人意志的樂觀主義

悲觀主義出於情緒，
樂觀主義出於意志。

——阿蘭

撐在樂觀主義背後的，是「努力」

阿蘭的名言，我非常有共鳴。並且，我期待自己能夠做到。

人之所以會陷入悲觀，一定是發生了些什麼，好比說遭逢失敗、現實充滿苦難但卻又不得不面對、發生過痛苦的事情，或是有什麼重大事件讓你變得不再相信任何人。

於是到了夜晚……

無比悲觀的夜晚，不斷深陷、墜落谷底……

你甚至會想著，自己倒不如死了算了。

不過到了早上，情況會變得如何呢？

果不其然，在清晨陽光照進房間之後，就算心情沒有辦法瞬間轉換成正向開朗，但多少還是會有「啊，得救了」之類的想法吧？

即使問題還是沒有解決，但此時此刻的感受已經跟無限沉淪、深不見底的黑暗完全不同了，腦袋裡的想法是不是也默默轉化為「來想想看怎麼處理才好」、「嗯，一定會有辦法可以解決的」，對吧？

這真是不可思議。

我想，阿蘭所說的「出於情緒」，黑夜白天的心情轉變應該就是最好的證據。

持續向前，朝著某個目標不斷前進，在背後支撐著這種意志力的，就是所謂的「樂觀主義」，也正因為如此，我們才能夠不斷激勵自己：「一定沒問題的！會想到辦法的！」

如果你對自己的想法一點信心也沒有，或者是在毫無根據的情況下會感到強烈不安，那麼最好的方法就是努力讓自己保持樂觀，讓樂觀成為你的最強後援。

不管是陷入情緒漩渦、悲傷得淚流不止，或是因為人性本惡而感到沮喪無奈，都要堅定相信自己的意志，好好地追求目標與夢想，或是找出解決問題的辦法，這樣做絕對比較好。

04

最困難的事情是認識自己，
最容易的事情莫過於給別人忠告。

——泰勒斯

站在人生折返點的我

對我來說，「給他人提供忠告」是一件相當不容易的事情，因為「忠告」可不只是用嘴巴說說就算了，不僅得要考慮對方的心情，還要充分理解事件的由來及種種背景因素，所以說，要給予忠告真的不簡單。

所謂的「忠告」，我認為就是要發自內心地將對方不好的地方指出來，然後給予最直接的建議。只不過，這麼做的原因並不是為了要讓對方改掉缺點或過失，而是完全出於真心的告誡。我想，唯有家裡的人才能做到這個地步吧。

話說回來，要是「忠告」沒有辦法透過文字傳達給對方，也沒辦法說給對方聽，單純只是在自己心裡成形，那還能算得上是忠告嗎？如果算的話，那對我來說或許就會變得容易許多。

「他為什麼會做出這種事呢？」「他為什麼要講那種話？」我想每個人心裡或多或少都曾有過這樣的疑問浮現，於是便會產生「想叫他不要這樣做」、「要不要改成這樣……」之類的想法。

對他人（對方）來說是發自內心的忠告，但如果對象換成是自己的話，又會變得如何呢？

會不會輕易放過自己？

可以嚴格地要求自己嗎？

我們有辦法用自問自答的方式跟自己對話嗎？

最困難的事情，莫過於認識自己。

如今的我，終於來到了人生的折返點。接下來的後半生時光，我不會裝作「已經認識自己」，也不會認為自己已經明白了一切。我還是會把焦點放在「未知的自己」上頭，好好去探索那些屬於「我自己」的未知領域。

面對挫折

05

決定人生走向的關鍵，在於面對挫折的心態。

——卡爾・雅斯佩斯

挫折使人成長，失敗使人強大

我有一個哥哥，從幼兒時期就一直陪伴著我長大，記得在我上高中的時候，哥哥迎來了人生首次重大挫敗。

打從一開始求職時，哥哥就沒有任何猶豫，馬不停蹄做了許多努力，也得到不少熟人的幫忙，當然他的能力及品格也受到認可，因此很早就有傳聞說他已經獲得企業的內定職位。然而就在結果發表的前一天，他卻接到了「取消內定資格」的通知。

那一天，哥哥午餐、晚餐都沒吃，整天都沒有走出房門，就這樣一直持續到晚上。我是第一次看到他這樣。

哥哥如此認真努力，而且整個人自信滿滿，我以為爸媽應該會相當同情他，沒想到跟我的想法完全相反，爸媽的說法是：

「他從以前到現在，從沒有遇到過什麼重大的挫敗，所以對他來說，受挫的經驗也是很重要的。」

唔……是這樣嗎？但，哥哥真的好可憐。

那天晚上，終於踏出房門的哥哥，問了我一個問題，讓我想了老半天。

「涼子，妳覺得人生中有什麼事情是必須得要失敗過後才能懂的嗎？」

哥哥這麼聰明、那麼優秀，而且任何運動都難不倒他，個性還非常溫柔親和，居然在這時候跑來問我問題。

喔不，我想他應該是在自問自答吧，所以在那個當下，我心想無論如何都要擠出一些安慰的話語來！頓時之間我的腦袋轉速催到滿檔，比美少女遊戲組合（Crane Game Girls）動畫中的抓娃娃速度還要快一百倍。

「有些人可以從失敗的過程中學習到經驗，但也是有人會因為失敗而內心充滿怨恨、妒忌，讓人覺得毫無氣度。反過來說，有些人在成功了之後，會對別人特別好、特別寬容，但也是會有人因此變得高傲自滿，以為自己很了不起。」

當時拚死拚活想出答案的我，不過才十幾歲，所以完全沒有能力去判讀哥哥聽到答案之後的反應。究竟這樣的回應有沒有讓他心中的痛苦及悔恨稍微舒緩一些呢？我的一席話是否正是他想聽到的呢？我不得而知。

不過說真的，我那時候幾乎沒有什麼人生經驗可言，不管是對人生、對他人，或是對這個世界，都沒有太過深入的理解與思考，所以要說出那些答案，對我來說已經是竭盡全力了。

現在的我，多少能夠理解了。

挫折能夠使人成長，而失敗，能使人強大。只不過，能不能將負面的事件轉化為正面的能量，這就因人而異了。終歸一句話，人生中的每一次經歷，全都有其價值，從不會是浪費。

06

原諒

對於那些惡言相向的話語，
與其忘記，不如原諒。

——保羅·瓦勒里

逃得了一時，逃不了一世

「遇到了想要對你造成傷害的敵人，請記得那正是你練習忍耐與寬容的好機會。這是人生在世必要的素養，會對我們帶來莫大幫助。」

遭逢困境的時候，將我從深淵之中拯救出來的，果然還得是達賴喇嘛的智慧之語。先前有一次，我遇到了想破腦袋也想不出解決之道的狀況，即使想逃避也無處可逃……種種壓力的累積讓我的嘴巴長滿疱疹。在這樣的情況下，別說是吃東西了，就連水都喝不了，演戲時也得費盡心力才能正確地將臺詞說出來。

就在這時候，我們家樓梯中間平臺的書櫃上，有一本書呼喚我去翻閱。

應該已經事隔十年左右了吧？那本久違的書，就是達賴喇嘛的智慧之言所編彙而成的《達賴喇嘛的啟示話語》（抱くことば）。

我覺得……真的是一本好書。

我真的……對書的內容感到非常認同。

此時此刻，正是好好審視自己人生的大好機會。那些來自於眾神的試煉，我相信都是為了「讓我變得更能溫暖地包容他人」。

一直以來我就是一個不夠成熟的人，無論是耐性或寬容都稍嫌不足。就是因為還像小孩一樣，所以才會覺得一切都那麼痛苦。

沒錯，這就是修練！加油加油！

在達賴喇嘛的話語激勵之下，我就可以像這樣鼓舞自己的士氣。

「如果有人會讓你一遇到就情緒翻騰，那麼在能夠好好控制自己脾氣之前，最好先不要跟他碰面。」

「如果有必要的話，遠離會讓你生氣的人或許是最好的方法，離得越遠越好！」

每每我都會覺得達賴喇嘛的話語非常溫柔、非常入心。

逃避也沒關係，讓自己靜靜等待，直到能夠控制情緒為止。一旦如此調適，心情就會瞬間變得輕鬆許多。

不過當然，現實生活是沒有那麼容易逃開的。（苦笑）

事實上，沒有人會停下來等你。話雖如此，但最後的結果往往還是會證明達賴喇嘛是對的，所以我依舊會用他的睿智話語來自我療癒、自我激勵。

開頭所提到的保羅・瓦勒里留下的名言，也跟達賴喇嘛的觀點相互呼應。

當你身陷低潮，並且對於他人的惡意批評無法予以反駁，甚至不管怎麼做也無法擺脫負面情緒的時候，請一定要記住這些話語。

靜下心來回頭看，就會覺得一切都可以「諒解」了。

如此一來，自己也一定多多少少可以變得輕鬆許多。

07

朋友是什麼

就算擁有了世界上所有的東西，
但如果沒有朋友的話，
任何人都無法好好活下去。

——亞里斯多德

為了我而流淚的好朋友

大學入學考試在不安與焦慮的狀態中結束了，發布考取消息的日子也總算到來。一大早媒體資訊或運動新聞等節目就非常熱鬧，紛紛秀出「廣末涼子考上大學⁉」「廣末涼子會是繼吉永小百合之後，再次進入早稻田大學的女演員嗎？」之類的標題，甚至還有電視臺直接祭出「現場實況轉播」，畫面中大大的標題顯示著「直擊考取名單海報公布的瞬間！」另外也有週刊雜誌在我去參加考試之前，就將我的第一志願公諸於世。

當時我剛開始演藝工作沒幾年，就連演藝圈的「演」字都還沒搞懂，完全就是個單純的高中生，這樣的騷動簡直就像是世界上所有的期待全都瞬間落到了我頭上似的。如此沉重的壓力我自己一個人真的難以承受，所以過程中我甚至一度想要放棄大學的入學考試。所幸在父母及恩師的支持下，我還是秉持初衷堅持到底，最後才能走到這一天。

……然而，這一天簡直是我人生中最糟糕的日子。真搞不懂。

我自己人生私領域的一個選擇，竟會讓普羅大眾如此感興趣？連我自己都嚇到了。

可能有人會說「有人關注就該心懷感激」，或是認為我「自我意識過剩」，但完全不是這麼一回事。我想，媒體單純只是想把我的考試變成有趣的話題，然後用來當作Wide Show（註2）的節目素材吧。若真是如此，那麼要是在現場轉播時，我的應試號碼沒有出現在公布欄上，那該怎麼辦……

在不安情緒的強烈籠罩下，我即使人就坐在高中教室的椅子上，但臺上老師的授課聲音卻完全進不了我的耳朵。我感覺自己孤孤單單地身處在茫茫深海裡。

課間休息時，我走出教室，想跟隔壁班的閨密好友聊聊，藉以穩定一下心神，沒想到卻看見閨密正在走廊上哭泣。在她旁邊有另外一位朋友正摸著她的頭安慰她，我見狀便馬上靠了過去，在那個當下，我還不清楚閨密為什麼會哭，光是為了要讓她冷靜下來，就耗費了一

註2　ワイドショー，日本的電視節目型態，與新聞有關的談話性節目，也稱為雜聞秀。

番工夫。

到了下一堂課的下課時間，另外一位朋友才來跟我說閨密哭得如此激動的原因。

她是為了我而哭的。閨密班上有幾個同班同學在看到早上的媒體報導之後，便在上學途中買了體育新聞報，並在教室打開娛樂版邊大喊著：

「那傢伙不可能考上的啦！」

「又要做演藝工作，又要考上知名大學，怎麼可能做得到！」

「一副了不起的樣子，超討人厭的！沒考上最好了。」

據說她們就這樣你一言我一語地辱罵我、嘲笑我。對於這些意見，我其實感同身受。她們進入升學班，以六所知名大學為目標拚命念書，只為求得成績的進步，站在這些同學的立場稍微感受一下，就能夠明白為什麼會有這些言論出現。

然而，一直在我身旁陪伴我的閨密，對於這些言論感到非常氣憤，覺得再也聽不下去了，所以才會衝到走廊上嚎啕大哭。

「涼子明明那麼努力，這我是最清楚的啊！」

就是因為氣到不行，所以才會淚流不止。聽了這番原由之後，我心底的陰霾一掃而空，感覺就像吃了無敵星星一般！

真的覺得無所謂了，無論是媒體的反應，或是我究竟能不能考上大學，都不重要了。

我不在意了，也不再感到迷惘，因為我有好朋友在身邊陪我。真的壓根都沒有想過，竟然會有家人以外的人會為了我的事情而哭泣。

我擁有會為了我的事情而流淚的好朋友。

這樣的我，哪還需要什麼其他東西呢。我什麼都不需要了。

我無敵了！

信念與真實

08

信念指的並非單純只是相信一件事情的真實性，遠遠不只、遠遠不只，信念，會讓夢想成真。

——維克多・弗蘭克

信念與實現

其實我也是這麼想的。

「信念會讓夢想成真」。

這個觀念也可以說是：「如果能夠打從心底相信，那就一定能做到。」

只要我有想要遇到的人，基本上都能遇得到，從很久以前開始就一直都是這樣。雖然看起來好像是在吹牛，但事實的確是如此。

好比說國中的時候，我看了人生中第一部西洋電影《終極追殺令》，結果大受吸引。事實上從我開始懂事以來，先別說「成為女明星」的夢想了，光是西洋電影，我長那麼大也沒看過幾部。

在我的印象裡，西洋電影中只要一出現外國人，就會有人「死亡」或是「流血」（淚），所以我只看宮崎駿導演的長篇動畫作品。說白了，這就是一種偏見。

這樣的想法影響我許久，一直到國中二年級為止，我幾乎沒看過西洋電影。

我想可能是因為以前在電視上看了「金曜 ROAD SHOW」所播放的劫機電影，內容太過可怕了，所以留下了陰影；也有可能是「火曜懸疑劇場」片頭的音樂及畫面太過驚悚，導致我晚上九點就急忙躲進被窩，這些就是我沒有太多機會觀看西洋電影的原因（苦笑）。

稍微聊偏了，總之在看了《終極追殺令》之後，娜塔莉波曼的演技讓我大受震撼。這部電影在日本公開上映時，她才不過是個十四歲的女孩，電影拍攝當下更是只有十二歲，這樣的年紀在日本會被稱為是童星，然而電影中的瑪蒂達卻無庸置疑是個成熟女性。

「在這個世界上，居然有跟我同年代的女孩長這樣！年紀跟我一樣大卻可以演這樣的戲碼！」

當時我做的第一件事，就是把盧貝松導演的電影作品全都看完。同時我也去看了電影的原著作品，還一邊看書一邊想像著分鏡或畫面。

這就是我踏上電影人生的起點。

「信念」就是從「想像」，到「期待」，然後最終開花結果。

到了一九九九年，當「盧貝松之聖女貞德」在日本公開上映時，我藉由電影宣傳的機會與盧貝松導演碰面了：緊接著二〇〇一年，我們更進一步因為拍攝《極速追殺令》而有了共事的機會。

然後到了二〇〇九年，《送行者》一片拿下奧斯卡金像獎最佳外語片的殊榮，當年的盛會主持人就是娜塔莉波曼，因此我也有了機會能與她碰面，並且聊了幾句話。

我深信當下所做的每一件事，全都會跟自己的未來有所關聯。每天都盡全力好好活著，並且經常抱持希望與夢想，這就是能讓夢想成真的力量！

我想，「信念會讓夢想成真」絕對是有可能的。

09 天天進步

我們的精神也必須不斷進步。

——羅莎・盧森堡

每天都從漫畫中得到滿滿的勇氣

雖然這麼問有點突然，不過我想知道：「你喜歡看漫畫嗎？」

在眾多的漫畫作品中，有不少作品將羅莎・盧森堡的名言「精神也必須不斷進步」帶入作品之中。

我的漫畫人生可以說是由《灌籃高手》（井上雄彥）揭開序幕的。小學時我可是很man的，除了週末假日忙著瘋玩迷你籃球，總會報隊加入戰局之外，平常的下課時間也都是在玩足球或足壘球，直到升上高年級之前，我都沒有看過漫畫。這很有可能也是因為媽媽從小就告誡我「想看漫畫的話，就先去把書看完！」（雖然我遵循了媽媽的教誨，對漫畫碰也不碰，但說起來，我也不怎麼看書就是了，苦笑。）

是灌籃高手讓我變得愛看書的，而這樣的我與灌籃高手的命定邂逅，就發生在堂哥家。

身為籃球社一員的堂哥，偷偷地把他最喜歡的灌籃高手推薦給我，於是我就經常跑到他家，好整以暇地看著漫畫，就這樣度過了一段美好的時光。升上國中後，我天天都在等待單行本的發行日到來，真的很難等。永遠無法忘懷的是，在我就讀高中一年級時，迎來了灌籃高手的最後一集，我躺在宿舍房間的床上，看著櫻木及流川的名場面嚎啕大哭。看完最後一頁，我的心像是被掏空了一樣，就這麼一直仰躺在床上，望著天花板一動也不動，等到回過神來的時候，窗外的景色已經被夕陽染得一片橘紅。

「直到最後……也不能放棄希望。現在放棄的話，比賽就結束了。」

這句安西教練的名言，想必灌籃高手迷都耳熟能詳；三井哭著喊出「我想打籃球……」的經典場景，讓我學到了說出真心話的勇氣；櫻木花道跟幾個夥伴一起私底下特訓跳投，練習時一直反覆說著「左手只是扶著球就好」，這個片段則是讓我深受感動，並且也學到了專注努力的美好姿態。

自此之後，我幾乎都只看男性漫畫家的作品，像是松本大洋、手塚治虫、尾田榮一郎等，總之在我的世界裡幾乎沒有任何少女漫畫。可能也是因為這樣，所以我才會將盧森堡的名言跟漫畫作品牽扯在一起。男性向的漫畫大部分都有運動控、冒險精神、激烈的對戰，或是對於奪勝的執念等元素，在在都會讓人看得熱血澎湃，總之如果沒有在情節中表現出精神成長、持續進步的特色，故事就無法開展。

當你希望自己能保持正面積極的能量時，不妨就試著看看漫畫吧。

「Keep going！」

「豬突猛進！」漫畫的世界裡真的有不少好料呀！

10

走在夜晚的街道時，能夠在旁給予支持的不是橋梁、不是羽翼，是朋友的腳步聲。這是我的親身體驗，因為我們都處於黑夜之中。

——華特・班雅明

對我來說，朋友是絕對必要的存在！

我永遠無法忘記國中一年級的那一天……也就是黑板上的「班級授課評價」分數特別低的那一天。

不好的預感，真的實現了。正如我所料，全身肌肉的體育老師aka我們的班導，喀啦喀啦地猛然拉開教室的門，頭上還冒著騰騰熱氣。

順帶一提，「班級授課評價」就如同字面上的意思一樣，每天都會由各個科目的專任老師根據學生們單一時段的學習態度及成果來予以評分。課程結束後，各科老師都會在黑板的右側欄位中，寫下一到五分的評比（提出這個構思的就是我們的班導，也就是握力高達八十公斤、單手就能撥開蘋果，並且全身晒得黝黑的T老師）。

對於班級授課評價上寫著「1」而感到怒不可抑的T老師，用非常溫柔的聲音問道：「說說看，這是怎麼一回事？」（這樣反而讓人覺得更恐怖。）他說完之後就陷入了沉默，彷彿戴上般若面具的笑容，散發出超強的氣勢，讓原本在上課中總會跳上跳下引發騷動的男同學們，也在那一瞬間變得安靜乖巧。

緊接著，男同學們的老大，也就是最愛當拿別人來開玩笑的A說：

「老師，都是因為B同學一直愛說話！」

然後，整個教室就被哄堂的笑聲所包圍。

B同學在班上一直都是被霸凌的對象，A老大則老是會夥同鄰座的幾個男同學一起欺負B，因此上課中會不時傳出「別這樣！幹麼啦！」之類的嘈雜聲響。我覺得這就算是輕微的欺負了，總而言之，B同學就是班上大家都公認的霸凌對象，大家會公然欺負的那種。

怎麼會笑成這樣！而且，T老師難道沒有發現A老大話裡的陰謀嗎？太扯了！我感到非常憤怒，於是舉起了手。

「廣末，怎麼了？」

「B同學又不是傻瓜，不可能自己一個人在那裡自言自語吧。」

結果，我的一番話瞬間引來了更激烈的笑聲。

隔天，B同學的位置就由我正式取代了，不過霸凌的程度比先前更甚，簡單來說就是我開始過著「被全班同學當成空氣的日子」。

一開始是說了「早安」但沒有人回應我，當下我還非常懷疑自己的眼睛，真沒想到A老大不僅能控制男生，就連女生也……

接下來的日子裡，我就過著說早安沒人回應的生活，下課時間也沒有可以聊天的對象；有些人會聚在一起小小聲竊竊私語，並且還將目光投向我，這樣的情況也讓我覺得非常討厭，搞到後來只要一下課我就會到教室外面的走廊待著。

我知道自己的發言激怒了A老大，也知道他對全班同學下達了「不准跟廣末講話」的命令，不過說起來我也不想害來跟我說話的人變成下一個被霸凌的目標人物。

「在換班之前，就好好待在一年一班吧，不跟同班同學說話也沒什麼大不了！升上二年級之後就會重新換班，就不會再這樣了吧。」

我樂觀地如此想著。說實在的，好勝的我根本就沒有將自己被霸凌的事情放在心上。

不過，從他們的角度來看，我的態度反而會讓他們更加生氣吧。即使我已經盡量保持樂觀，但他們的「霸凌」還是令人難以招架。

好比說有一次全校集合的活動結束之後，我回到教室時就發現我的制服外套不見了，它原本應該是掛在椅背上的。那天回家後，媽媽接到了學校打來的電話，說是我的制服被塞進廁所的馬桶裡了，應該是有人（非法入侵者）趁著全校集合、沒有人在教室的情況下所搞出來的好事，總之校方的人告訴媽媽，那件制服只能直接丟棄了。

就算我天生樂觀積極，不管遇到什麼狀況都能用一句「算了啦！總會有辦法的！」來安慰自己，但發生這樣的事情我感覺還是對父母很過意不去，畢竟制服必須得要再買新的，而且整體狀況媽媽應該了然於胸，所以想必沒有少擔心我。對於我所引發的種種波瀾，我有好好反省了。

霸凌日常一天一天過去，突然有一天，下課鐘聲響起之後，我走出教室來到走廊，結果第五組的繪里叫住了我。當時我跟她到底聊了些什麼，以及我們之間的感情是如何升溫的，我已經完全不復記憶，對此我自己也感到非常訝異。但是毫無疑問地，是她拯救了我。於是，她就成為我最好最好的閨密了。

即使現在已經過了四十歲，每次只要回到故鄉，無論行程有多麼緊湊、停留時間再怎麼短，我都一定會跟她碰上一面，對我來說她就是如此「重要的人」。

或許當年我真的深陷在「黑夜」之中，只是我自己並沒有察覺而已。

真的非常感謝繪里，不僅在當年願意主動接近我，而且迄今都還依舊陪伴在我身旁。

對我來說，繪里是絕對必要的存在；朋友是絕對必要的存在。

11

活在當下

不管是十四歲、二十歲，或是四十歲，
只要百分百盡全力好好活著，
就不會萌生「回到過去」的想法。

——茱麗葉・畢諾許

我從來沒有想過要回到過去

十四歲。我在十四歲的時候，首次通過了試鏡。能夠獲得參與演藝工作的機會，對我來說那是美夢成真的年紀。二十歲。十幾歲的那幾年，我在演藝圈累積了各式各樣的經驗，不過不知道為什麼，在參與法國電影的演出時，我突然有一種「達成了里程碑」的感覺。自己一個人離開日本到海外進行挑戰，讓我對自己更有信心了。對我來說，那是事業再起的年紀，我覺得自己可以再拚一次。

接著是四十歲。也就是現在的我。經歷二十幾歲、三十幾歲的多次失敗與挫折，讓我確切了解「人算不如天算」的道理。同時我也徹底體悟到，要讓自己脫離幽暗隧道的方法，唯有「努力」兩字。

茱麗葉・畢諾許是我相當喜歡的演員之一，她的女兒在十四歲時曾對她說：「媽媽就是嫉妒我年輕。」聽到女兒這句不知從哪裡學來的臺詞之後，茱麗葉・畢諾許就以開頭的名言做為回應。

如果我的女兒也對我說出同樣的話，我想我應該也只能用同樣的方式回應了吧。無論是十四歲、二十歲，或是四十歲，我也同樣會百分百盡全力好好活著；並且我也跟茱麗葉・畢諾許一樣，完全不會想要回到過去（笑）。

看清自己

12

流星一旦掉落地上，就會變成尋常的石頭。

——桃井薰

貫徹自我價值觀的生活方式

我非常喜歡桃井小姐。

桃井薰好可愛、好酷、好有趣，性格正直、工作認真，是一個相當坦率的人。

認識薰姊的時候，我不過才十幾歲，當時我們一起演出一部單集的戲劇作品，薰姊演一位作家，而我則是演躲在她背後的代筆寫手。經過一番共事之後，我們開始有了私底下的聯繫，也曾實際約出來過，她真的非常照顧我。

薰姊總是會叫我「hiro hiro～（日文廣字的讀音）」（笑）。到目前為止（無論是以前或是現在），只有薰姊會用「hiro hiro～」來叫我，而她喊著「hiro hiro～」的時候，無論是聲音語調、整個人散發出來的氛圍，或是肢體動作等等，我全都好喜歡。

星星雖然存在於宇宙遙遠的另一端，但對我們地球人來說，星星看起來就是如此閃耀、如此美麗。無論是星星、鑽石，或珍貴的寶物，其價值都會根據看的人不同、擁有的人不同而有所改變，薰姊的名言就是根據「事物的價值全都由自己決定」這句話延伸而來。的確很像薰姊會說的話。

我也可以像她一樣活出真實的自己，並且賦予事物正確的價值嗎？

我也可以不受外在觀感、既定印象，以及先入為主的偏見等因素影響，在任何事情上做出正確的決定嗎？

說實話，我自己本身並不是什麼對於潮流動向非常敏感的人，也不是會對名牌奢侈品很感興趣的那種類型，寶石之類的高級品我也不是很在意，我想可能是因為我並不是那種會跟著流行走的人吧。

前幾天，我到百貨公司去買東西，回程時搭了計程車，看到我拿了那麼多購物袋，司機說了句：

「買了好多東西呢，真羨慕啊。」

他好像有認出我就是廣末涼子。

當時的我一方面沉浸在完成「今天必買清單」的小小成就感之中，同時也感到有些疲憊，因此便「哈哈哈……」笑著回應（打算就這樣把話題帶過去）。

「連喜馬拉雅（愛馬仕最頂級包款，有夢幻柏金包之稱）都買到了吧。真羨慕啊。」司機依舊輕快地暢聊著。

「咦？喜馬拉雅是什麼？（苦笑）」

沒想到我下意識的一句反問，引來司機從前女友送的禮物，聊到了喜馬拉雅柏金包的價格，話題可說是源源不絕。

結果整路上我就只能一邊應和點頭，一邊聽著司機說故事，累得半死也沒法稍微睡一下。

不過，我倒是藉此發現了一個刻板印象，那就是「藝人＝擁有柏金包的人」。

那天我手上的紙袋裡頭，裝著晚餐的食材、家人的生日禮物，以及要帶去工作現場分給大家吃的小點心等等，根本沒有任何一個東西是為了我自己而買的。而且很可惜的是，我到目前為止都還不曾擁有過柏金包（苦笑）。

仔細想想，先入為主的刻板印象還真是可怕呀。

只要別被先入為主的觀念困住，謹記「流星一旦掉落地上，就會變成尋常的石頭」這句話，就可以看清楚自己是誰；然後，堅持貫徹

自己的價值觀，別被既有的常識、迷信，或任何形式的框架所局限，
這就是我最想要的生活方式。

第二章　坦然面對女演員這份工作

13

工作與夥伴

所謂的工作，就是結交夥伴的過程。

——歌德

專業的夥伴們

「覺得自己老是與周遭環境格格不入的年輕人啊，在找工作的時候，必須盡可能挑選那種可以讓你結交到優質夥伴的職場。」

這是伯蘭特・羅素所說的話。

我是十四歲開始出來工作的。在我剛懂事的時候，曾許下「成為女明星」的夢想，真的多虧在鎮上的小書店找到了一本Audution月刊，才讓我這麼一個運動少女能夠站上夢想的起跑點。

國中時期，每到週末我都會從高知縣搭著飛機前往東京工作，那種心跳加速的緊張感，以及「一定要把所有見到的東西全都學起來」的想法，到現在我仍記憶猶新。

正因為如此，所以那段時間在工作上遇到的都是年紀比我年長的大人。別說是交朋友了，就連有沒有混熟都很難說，基本上，他們對我來說，就像是來自另一個世界的人。

當年乳臭未乾的我，如今也四十歲了，一回神才發現到，職場上突然之間增加了好多年輕人。我已經來到了當年心目中崇拜不已的

「片場裡的大人們」一樣的年紀，甚至還更老一些了吧。

這麼說來，我也發現自己在跟周遭的同事，或是工作上會遇到的人們相處時，自然而然地在彼此的關係及身分認定上，產生了一些變化。

直到現在還跟著我一起工作的化妝師、造型師、攝影師、經紀人等，都是長時間一起奮戰過來的「工作同仁」（從年輕的時候開始，我自己就默默地在心底如此稱呼大家），的確就是貨真價實的「夥伴」。是搭檔，是戰友，更是夥伴。

在過去的二十五年來，我兢兢業業地投入在當下的工作中，唯一的目標就是創造出更優異的成果，然而演藝圈不管從哪個角度來看都相當嚴峻，尤其新舊之間的汰換更是激烈，因此我們自然會與志同道合、心意相通，並且夠專業的人變成「夥伴」（他們無疑是我最珍貴的財產）。

我深深覺得，自己身邊能有這麼多「夥伴」，真的是最幸福的事情。未來也要繼續麻煩大家了。

再次說聲，謝謝大家。

14

為了保持平靜

經常戴著面具過活的人，不僅不快樂，心也難以平靜。

——塞內卡

展現自己最真實的自然體

在二十歲代的前半段時間裡，我為了讓自己看起來更像個大人、更有沉著女性的氣質，所以做了各式各樣的嘗試，包含改變說話的方式、面試的應答模式，等於言行舉止都做了一番更新。

十幾歲就開始工作的我，學生時代可以說是用自然體的型態在過生活，無論是在學校或是在職場，我都沒有想太多。雖然心裡想著「人會隨著年齡的增長而變得成熟」、「我也慢慢地會變得越來越有女人味，散發出沉著的氣質」，但這樣的想法早早就被打碎了。

既然都成為女演員了，我以為我也會在時間的催化下成為一位「美麗」、「優雅」、「性感」兼具的女性，就像鈴木京香一樣，不過這樣的想法也如同泡沫一般幻滅了。

「如果這一切不會自然而然地改變，那就用自己的意識來改變就好了！」於是我改變了自己的想法，並且就此展開挑戰與實行的每一天。

不過……哎呀，就像大家所認知的那樣，女性化這件事真的不是那麼容易做到的；成熟大人味也不可能藉著假裝就創造出來，因此這個挑戰就只能默默地謝幕告終。

仔細想想，當我第一次出席孩子的幼稚園家長會時，也想著一定要擺出「明理家長」的派頭，結果因為我對自己的角色設定沒有太多概念，導致當時整個人左支右絀的。

說了這麼多，其實我想表達的重點就是「無論表面上裝得多好、演得多像，終究也只是戴上了面具而已」。

並且，面具是沒有辦法長久維持的，一定會在某時某地被拿下來。

塞內卡的名言就是想告訴我們：用自己最自然的樣子去過活就好了。

做你自己，這樣就夠了。

15

用心工作

最重要的不是做了多少事，而是用了多少心。

——德蕾莎修女

愛上自己的工作

「一份好的工作」該如何定義呢？關於這個問題，我想藉由德蕾莎修女的名言來深入思考。

是公司內部的評比？其他人的評價？數據所呈現出來的成績，好比說電視臺的「收視率」？或者，以當今的時代而言，就是IG的追蹤數？

工作的好與壞，實在很難有個共通的基準，也不容易下定論（除非是用個人的滿意度去做評判）。拿我的工作來說，難道靠精湛演技在電影節拿到獎項，就稱得上是「好工作」了嗎？

高中時期，我為了要一邊做好演藝圈的工作，一邊顧及東京女校的功課，每天幾乎都呈現戰鬥狀態。跟大家一樣清晨早早起床，睡眼惺忪地搭上電車；跟大家一樣待在教室上課，不過下課後的行程就跟大家不同了，我會穿著制服直接趕到拍攝現場去。雖然每一天都過得精采萬分，但我從來沒有因為演藝圈的工作而向學校請假，也不曾因此遲到過。

那時候，我跟經紀人有個約定，除了絕對不能因為工作的關係向學校請假之外，「常規考試前的一個禮拜，以及重要考試期間，也不可以安排工作」。想起當年的工作量，還有媒體上的露出程度，我不禁覺得高中的三年之間能夠守住約定的經紀人真的非常厲害。

不過，還是有幾次的例外，例如考試倒數一週的時間點，遇到了「無論如何都要出席的工作」，那就是「頒獎典禮」。

平時的我一直都處於準備不足的狀態，所以考前七天我一定得要全神貫注，即使只少了一天也會讓我感到不安，但沒辦法，還是得接受。

「真的不能缺席嗎？」我滿腦子都是近在眼前的考試，於是主動找經紀人商量了一下。如果無論如何都必須出席的話，那我可不可以「帶著單字本去現場呢？」（苦笑）

現在想想，還真是個不知輕重的請求啊。能以新人之姿上臺領獎，對我來說是天賜良機，但我卻為了考前衝刺而打算缺席頒獎，若以大人的眼光來看，肯定會覺得我只是在耍任性吧。

不過，當時的我其實心裡有個疑問，甚至直到現在也還是有些搞不懂。那就是「不出席頒獎典禮就無法拿到該獎項」的規定，也就是缺席＝婉拒接受獎。

現在重新思考這件事，多少會覺得沒有出席的人還能領到獎項，的確有點失禮，這是理所當然的。

然而，不出席就取消資格，這樣的獎項……到底算什麼？倘若不出席，獎項就會變成別人的囊中物，那麼即使我獲獎了，又有什麼意義？所謂的「獎項」，到底是誰決定的？結果究竟是如何產生的呢？

當時我心中充滿了疑問，腦袋裡滿滿的「問號」。

我的工作領域，也就是女演員這一行，並沒有所謂的勝敗，也沒有升遷及退休，也因此實質的績效基本上是不存在的。我一直都希望觀眾能夠看得開心、能夠提振精神，這樣的想法從來沒有改變過。如果可以讓觀眾感動，並且還能從中得到源源不絕的動力，那對我來說就是一份「好工作」。

說到底，我的工作究竟是好還是壞，我真的不知道。

也正因為如此，我才想要無比認真、無比用心地投入在演戲上。

我想，演員是不是做了一份「好工作」，應該由客人來決定，也就是由接受的那一方來評判，包含觀眾、聽眾等（單以我的工作領域來看的話）。

也正因為如此，我才會使盡全力、付出所有，努力呈現最好的演技。

專注用心，就是愛這份工作的表現。而且，用心就是給觀眾最基本的尊重，以及最大限度的感謝。

16

勞動是最好的事情，也是最糟的事情。

——阿蘭

人生不單只有工作

「高難度的任務，處理起來一定很辛苦，但千萬不要過度勉強自己。『工作』固然重要，但『工作終究只是工作』，說穿了也只是人生的一部分而已，並不是全部！」

昨天我用 line 將這段短文傳給了一起長大的閨密好友，她在關西當公務員，由於先前在工作上遇到許多難以解決的關卡，包含歧視女性、職權欺壓、精神霸凌……等狀況，因此讓她數度想辭職一走了之。過程中她也曾找我討論，好不容易才終於挺過了重重困難，當然這是她靠自己奮鬥而來的成果。如今的她，接到了一個令她感到壓力沉重的高難度任務，所以主動跟我聯繫。於是我就發了開頭的短文給她。事實上，這個想法並不是出於我個人的體會。

當我為了「工作」嘗盡煩惱、辛酸、痛苦，就這麼過了五味雜陳的二十五年之後，另外一位閨密跟我說了這麼一句話：

「涼子，反正只是『工作』而已！」

人生不單只有工作，沒有必要為了工作斷送一切。大不了被炒魷魚，反而還能因禍得福。「涼子，沒事的啦。」閨密的話確實讓我的痛苦舒緩許多。

當時的情景湧上心頭，於是我也將同樣的觀念傳達給這位閨密。

結果從小一起長大的她，傳給我這麼一段話：

「我看妳一直忙著拍戲劇、拍電影，而且還在NHK教育臺開啟了新的節目企劃，想必一切都很順利吧。話說回來，前陣子我有看到涼子的**History**（NHK的節目『Family History』）這檔節目，妳父親那邊的親友我原本就認識，現在又多認識到母親那邊的親友、前幾代的祖先，以及涼子小時候的故事，真的太有趣了。禮拜四就快到了，到時候就是以涼子起頭、以涼子收尾的一天。好期待啊！至於工作，我會好好處理的。」

她所遇到的高難度任務到底是什麼，我其實一點都不理解，不過開心的是，**line**的最後一句寫著：

「至於工作，我會好好處理的。」

嗯。就這麼辦吧！記得不要過度勉強自己喔。

要保持微笑，也要顧好自己唷。

17

文字與世界

語言的極限，就是世界的極限。

——路德維希・維根斯坦

不僅要重視語言，更要重視字裡行間的含意

語言的極限＝世界的極限，果然還得是以「語言」為生的哲學家才能說出這樣的話來吧。

的確，能夠用「語言」來表現或傳達的東西很多；反過來說，語言的差異也會帶來壞處，或是衍生出更多問題，這是不爭的事實。但我覺得語言的本質應該不是只有如此而已。

國中三年級的時候，我首次通過了試鏡，為了在週末期間參與演藝活動，我從家鄉高知縣搭著飛機前往東京。那時候，我在一天之內碰到了好多製作人。後來我才知道，原來像這樣跟製作人見見面、說說話，讓對方記住我的臉，並期待能藉此獲得一些演出機會的行為，就叫「露個臉」，當時的我可說是一無所知。可能這就是經紀人之間常說的「開工」吧。

我被經紀人帶著到處跑，搭著汽車從一家電視臺到另一家電視臺，大多時候我都搞不清楚自己身在何方，可能是富士電視臺吧，或者是TBS吧。接著下來要去哪裡？是日本電視臺、朝日電視臺，還

是東京電視臺，我也全然不知。

總而言之，光是跟偉大的製作人們好好地打招呼、說上幾句話，努力不讓自己做出失禮的舉動，就已經讓我耗盡心力。對身為土包子中學生的我來說，每個西裝筆挺的大叔看起來都長得一樣，而且在我的人生中，從來沒有什麼機會可以跟不認識的男性長輩聊天，所以會感到疲憊是可想而知的事。

然而，有次經紀人跟我說：

「稍微多講一些話題嘛。」

聽到這句話之後我才發現到，自己的確在「露個臉」的期間顧著回應對方的問題，比起聊天來說，倒更像是單純的一問一答（苦笑）。

經過了一些磨練之後，來自鄉下的活力運動少女，似乎也慢慢被誤認為是行事周到的大人了。原本我是個「用土佐方言說起話來劈里啪啦像機關槍一樣」的女生，但由於這樣的形象並沒有在製作人族群中傳開，所以大家都對我留下了既認真又樸實的印象。

「該怎麼將我原本活潑開朗的性格傳遞出去呢？」思考過後，我得到的答案是——剪了短髮。畢竟長髮總是容易給人成熟穩重的印象，所以我就覺得短髮可以表現出我的活潑與開朗。

這個作戰計畫相當成功！後來我們也藉此機會，在出道的時候以短髮的廣末涼子做為主打，開始掀起旋風。

傳遞想法的工具並非只有「語言」。

就像現在的我，透過演戲來表達訊息，或是重要的事物，過程中我總希望自己不要光是依賴「語言」來完成這一切。

當然，臺詞在每一齣戲劇中都占有非常重要的地位。想要傳達的訊息、應該要分享的資訊，包含細節說明與情緒渲染等等，能夠將這些全都匯集起來的，就是演員的臺詞（語言）。然而，把那些臺詞一字一句分毫不差地背下來，並且照本宣科全部念完，藉此將劇情傳達給觀眾或聽眾，這是演員最基本一定要做到的事。

我希望自己在念臺詞的時候，不只是單純的說話，而是可以好好顧及字裡行間的涵義。

我想我的確有能力可以傳達出超越語言的情感，可以帶給觀眾語言無法形容的感動。那個可以打破語言的壁壘、超越語言的界限，並且還能用來與觀眾溝通的超能力，我深信自己確實擁有。

時間管理

18

明智地利用時間！
當你想要弄清楚某些事情時，記得不要把目光放得太遠。

——歌德

珍惜「當下」

從以前開始，我就一直在思考「時間」的意義。這個也想做！那個也必須去做！啊！忘記做那件事了！就像這樣，我每天都有好多想做的事情，時間真的不夠用。

「時間」真的有給予每個人公平的對待嗎？

學生時期我就常常在想，如果一般人都是一天二十四個小時的話，不知道能不能特別給我三十六個小時……（到底可以從誰那裡拿到多的時間啊，苦笑）

回想起我忙碌的小學生活，星期一要游泳、星期二學電子琴、星期三學書法及鋼筆字、星期四又是游泳，唯有星期五是自由的，星期六及星期日則會去參加籃球社團。上了高年級之後，學游泳的行程減少了，但卻也開始上起補習班，所以原本一週僅剩一天的下課後free day，也就此消失了。

可能有人會覺得「妳真的是在重視教育的家庭下長大的耶」，不過真相並非如此。

事實上，這些學習課程的安排，全部都是因為我自己「想要上」，所以才會開始啟動的。

不過，游泳倒是一個例外。我是從三歲左右開始學游泳的，起因我認為就是身為旱鴨子的母親希望自己的女兒可以學會游泳，才會把我送去學。

然而，長大了之後我試著問母親原因，結果得到的答案依舊還是我自己「想要學」（笑）。

總而言之，在我們家並不會因為父母「想要孩子們去學些什麼」，或是「想要孩子們變成怎樣」之類的願望，就要我們去學東西。我所學習的任何項目，都源自於「想要學」，也就是我的興趣。

當然，現在的我對於父母親是充滿感激的，因為他們聽了女兒說「想學」，就真的讓我去學了好多才藝。但也因為所有的學習都是我自己提出來的，所以無論練習過程有多麼辛苦，我也不能說要放棄（苦笑）。

再加上我又是一個討厭輸的人，任何事情我都希望可以名列前茅、做到最好，不僅想持續升級，也想在比賽中勝出，於是所有項目我全都卯足了全力學習（這是個慾望多麼強烈的孩子啊！寫到這裡我自己都不禁笑了出來）。

結束小學生活後，升上國中的我熱衷於社團活動，高中則是開始了演藝工作，總之，我就是個大忙人（笑）。

學生時期，我非常有幸地與《蘇菲的世界》一書的作者喬斯坦．賈德碰了一次面，雖然當時我才十幾歲，但卻對他熱切訴說著「自我流」的時間相對性理論。我用圖像化的方式來表達我對時間長短的感受，我認為「重要的時刻，或是正在做自己喜歡的事情時，會覺得時間過得特別快」，反之「感到無聊或焦慮不安的時候，就會感覺時間停止了」。

對我來說，喔不，我相信是對所有人來說，時間是一輩子都追不上，而且永遠無法得到解答的一個問題吧。

明智地利用時間的意思，就是不要浪費時間！不過這並不是在推崇藉著抄捷徑快速找到答案的思維，而是希望大家都能好好把握近在眼前的「當下」，這些當下慢慢累積起來，自然而然就能對時間有進一步的理解。

因此我在想，現在的我之所以能擁有那麼多，就是因為我度過了忙碌的小學生時期，以及更加忙碌的高中生活、演藝生活。

這一切都來自於我做到了「明智地利用時間」這件事。

19

關於奉獻

單純的愛，
會讓人在面對喜歡的事物時，更常選擇自己。
然而相反地，奉獻卻會讓人將所愛看得比自己重要。

——笛卡兒

經紀人的奉獻

看到笛卡兒的這句名言時，第一個浮現在我腦海中的，就是我的經紀人。

笛卡兒想要探討的或許是更加深層的人間真理，但這句話既然會讓我聯想到經紀人，想必中間一定有什麼關聯性吧。

所以我想藉著這個難得的機會，跟大家聊聊一般人比較不熟悉的「演藝經紀人」是一份什麼樣的工作。

「演藝經紀人到底都在做些什麼啊？」

「既不是服務生，當然也不是司機，經紀人的主要工作是管理行程吧？」

我想，大部分的人應該都是這麼想的。

嗯，這麼想也沒有什麼不對。在演員或明星身邊幫忙處理大小事，並且要在拍攝地點之間做接送的工作，另外，調整行程安排也是非常重要的項目之一。這些應該就是一般人所認知的「經紀人工作內容」吧。

然而，實際上經紀人所做的事情遠遠不只如此。像是拍攝行程的調整，不光要顧及我們這些女演員，就連化妝師、造型師、攝影師，以及編輯部同仁等團隊夥伴的行程也必須考慮進去；除了行程安排之外，包含拍攝場景、與內容相符的時間點等等，全都要有確切的計畫。

其他還有雜誌或報紙的採訪安排、流行雜誌的照片挑選、採訪完之後的文稿校對、整理粉絲所寄來的信件或禮物、寫感謝信給各大廠商、審閱企劃或劇本，緊接著當然還有確認拍攝完成的影像作品，以及個人自己的提案等等，這才是演藝經紀工作的全貌。

在此之中，最重要的工作莫過於「培育」自己所負責的藝人（偶像或歌手也是如此）。

所謂的培育，就是讓藝人通過各式各樣的工作，以及拍攝現場的經歷，讓自身的拍攝作品得以活用，同時也能盡情展現才華、磨練專長。在這個過程中，藝人就逐漸會蛻變成為高情商且人見人愛的女明星。

總結來說，演藝經紀人的工作不外乎就是３Ｋ——辛苦、痛苦、不能打扮（註3）。明明是個超級幕後的工作，但休息時間卻少得可憐，睡眠時間也會大大降低。

在我還是十幾歲小女孩的時候，曾經有個渾身肌肉的健身房教練來實習現場經紀人的工作。有一次，我們一起搭上前往拍攝現場的保母車，我才知道他每天都要吃牛丼，搞得渾身都是牛丼味，而且還會隨身攜帶一個一公升的大水壺，就為了讓自己能夠隨時補充水分，對我來說，他真的是個謎樣人物。不過當時我並不知道該說些什麼才好，心想可能是因為剛來吧，所以總之就先保持沉默觀察看看。結果，在他加入現場工作的第五天早上，由於持續在相當寒冷的地方進行拍攝，所以他跟大家說自己感冒了……

於是就這樣，我在酷寒的墓地進行拍攝工作直到天亮，但從第五天開始，他就躲在車內睡覺休息。第六天依舊因為感冒還沒痊癒，他又在車子裡度過了一天。

然後到了第七天，他就沒來現場了。

註3　きつい苦しい着飾きかざれない：又有兩苦一不——辛苦、痛苦、不能打扮的說法。

我向社長詢問原因，才知道新人在公司的辦公桌上留了一張紙條，上面寫著「我都沒有自己的生活」。

真的是太短了（無論是他的留言，或是僅為期一個禮拜就戛然而止的實習，都相當短促），短到讓人覺得有些好笑。

現在想想，他說的其實也沒錯。演藝經紀人的工作本來就比想像得還要辛苦許多，而且最重要的是，如果沒有興趣的話，是很難持續下去的。

話說回來，畢竟我不是演藝經紀人，有些狀況如果不向經紀人詢問的話，也無從得知真實情形。然而，經過長時間的觀察，以及跟經紀人一起為了作品而努力的點點滴滴，讓我深深確信這是一份沒有愛就難以支撐下去的工作。

可能有些經紀人喜歡的是電影或戲劇作品，有些則是喜歡參與現場拍攝工作，或者也有喜歡演戲或熱愛欣賞演技的人，原因想必五花八門，但勢必一定會有一個點可以讓他們願意投注情感。若非如此，他們肯定會去挑選一些做起來相對輕鬆的工作吧（說到這裡，如果因為這段內容而導致想要成為經紀人的人數大減，那應該就是我造成的，真的很不好意思）。

回到正題，我認為經紀人是一份「犧牲奉獻」的工作。

在開頭這句笛卡兒的名言之中，將「喜歡的事物」替換成「藝人」，就可以充分展現出演藝經紀工作的精神！

如今我所屬的經紀公司社長，就是我人生中第一位經紀人，後來我又陸陸續續換了好幾任經紀人，直到現在，身邊還是有一起工作的團隊主任，以及現場經紀人等夥伴，對於每一位曾經培育過我，或是未來將持續陪伴我成長的經紀人們，在此致上我由衷的敬意與謝意。

20

不安是心理狀態的基本樣貌，也是形上學的起點。

——瑪麗亞．贊布拉諾

希望自己能以不安為養分不斷成長

你會在什麼時候感到「不安」呢？現在的你，是不是正沉浸在某種「不安」的情緒之中？

我從不知道原來「不安」是形上學的研究起點，更不用說「我們人類之所以能存在是基於不安」之類的想法，我更是不曾想過。「不安」一詞原本不是夾帶著強烈的負面能量嗎？一旦陷入不安的情緒，人就會變得迷惘，甚至失去信心。我私自認為不安會為我們帶來厄運，難道只有我這麼想嗎？

最近有一部戲劇作品，要用一鏡到底的方式拍攝，也就是必須一開拍就演到底，而且臺詞內容非常困難，龐大的數量也讓劇本變得非常厚重，因此包含我在內的所有演員，全都深陷在強烈的緊張感之中，每一幕都是在流滿手汗的狀態下開拍的。

這種一鏡到底的拍攝手法，需要演員展現出超高的專注力，完全不能有任何閃失，說臺詞的時候也得要非常流暢，不能出現換氣停頓的狀況，導演對於這種拍攝手法似乎相當著迷。不只演員群不能出問題，就連技術組的所有同仁也得繃緊神經，也就是說，拍攝現場的緊張感是每個人共通的情緒。有如此專業的團隊，才能打造這樣的作品，我由衷感到佩服。

不過，演員的臺詞之中充斥著我們日常生活不會用到的詞彙，包含法律及金融相關的專業術語等，簡直可以說是來自地獄的臺詞，站在演員的角度來看，那壓力可說是……

無論已經背得多麼滾瓜爛熟，不安的感覺還是讓人夜不成眠，即使好不容易睡著了，還是會因為緊張而驚醒過來。聽說有個演員自從加入這檔戲之後，眼瞼就一直呈現痙攣抽動的狀態。

所以我想，演員真的是一份經常讓人深陷不安的工作，而且還必須與之對抗，甚至是非贏不可。

「不安」＝焦慮、壓力、負擔。

雖然這是我真實的想法，但如果能夠靠著「不安」的情緒得到想要的東西、完成想做的事，那麼今後我會把不安加入個人的行動準則之中。

我希望自己可以把不安當作養分，或是墊腳石，一步步持續成長。

現在的你正感到「不安」嗎？

如果真是如此，那就試著在不安感冒出來的時候，將其引導至正面的方向……

我想，懷抱著不安，或是感覺到不安，其實也不見得是一件壞事吧。

21

用俯瞰的角度來觀察

保持俯瞰的習慣，可以降低誤解的發生。我認為這是身為演員的優勢，同時也是利多。對一般人來說，應該很難有機會可以用如此客觀的角度來看待自己。

——樹木希林

演員的日常

「俯瞰的習慣」。說得真好！

總是觀察著身旁的人，並且下意識地進行模仿，這對演員來說是很常見的事情（笑）。

拍攝內心戲的時候，透過俯瞰自己可以讓人更冷靜地看待眼前的狀況。再者，在營造現場氣氛，或是與其他演員對話的時候，大範圍概括性的角度更是重要。

從這個角度來看，就能充分理解樹木希林前輩的這段話。不過，我有辦法在自己的生活之中，好好利用這種演員的「習慣」嗎？

想到這裡，腦海中突然浮現當初在生長男時的情景。

微弱陣痛的夜晚，我緊緊抓住綁在床沿欄杆的毛巾，然而一切的忍耐都徒勞無功，第二天的上午，孩子的心跳開始變得微弱。

為了改為剖腹產，我做了血液採樣，當時我的腦海裡不停有想法冒出來，諸如「都已經到這個程度了，真的好希望可以靠自己的力量把孩子生出來……不過，跟著我一起努力了這麼長一段時間的孩子，現在已經非常痛苦了，不快點讓他出生的話……但是……」雖然我已經大汗淋漓、疲憊萬分，這些想法還是一直在腦中循環。

就在這時候，我聽到酷酷的女性主治醫師強而有力地說道：「走吧！看來應該是沒問題！我們趕快前往分娩室。」

在那之後，我就毫不掙扎地躺到了分娩臺上，耳邊不斷傳來「就是這樣、就是這樣」的呼喊聲。

配合著助產士的引導，我用盡全力呼吸，拚了命地使出呼吸法。

經過一番真空吸引之後，醫生將自己全身的重量壓在我的肚子上，藉此將孩子擠壓出來（據說這叫子宮底壓迫法）。

最後，我的孩子終於誕生在這個世界，真的好不容易啊，在聽到他的哭聲時，我的眼淚此時整個湧上眼眶。

就在這時候！

這時候，我進入了俯瞰模式，看著眼前這位「因為聽到孩子誕生的哭聲而流淚的媽媽……」

哇！真的好像在看戲喔。既害羞，又驕傲。此時如果流下淚水，就是完美的戲劇鏡頭了。在我的腦海裡，出現了分娩室全景的分割畫面，但身為主角的我，拒絕演出淚流滿腮的那一幕。

我將以上這些內心戲告訴衝來醫院的妹妹之後，她笑著對我說：「姊姊啊，這裡明明就是絕佳的哭點啊！」

仔細想想，在生次男的時候也是如此，當時為了不要讓陪同過來的長男太緊張，所以我也有點俯瞰過了頭（我覺得不該讓長男看到我疼痛的樣子），結果在該要呼吸的時候，我用力閉上了眼睛，於是就連呼吸都停了下來。

助產士在旁大喊：「請張開眼睛！」長男則擔心地喊著：「媽媽，快呼吸啊！」由於整個過程我都把力量灌注在眼睛上，導致眼睛周圍的微血管大量爆裂，生完之後我就像一個被打得很慘的拳擊手一樣，雙眼周遭都出現了紫色的瘀青。

正因為發生了種種事情，所以對現在的我來說，實在不覺得「俯瞰的習慣」能起到什麼作用（苦笑）。

如果我也像樹木女士一樣，在未來的某一天可以說出「我認為這是身為演員的優勢，同時也是利多」之類的話，那就太好了。

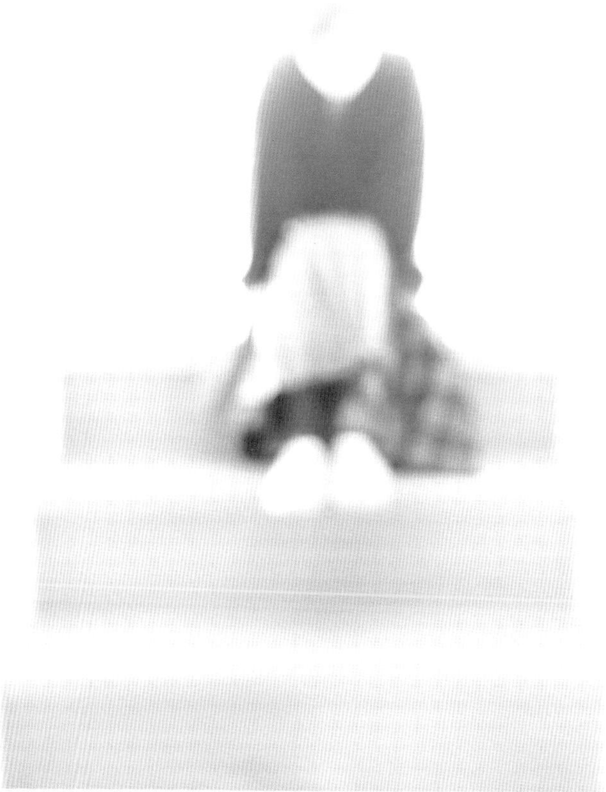

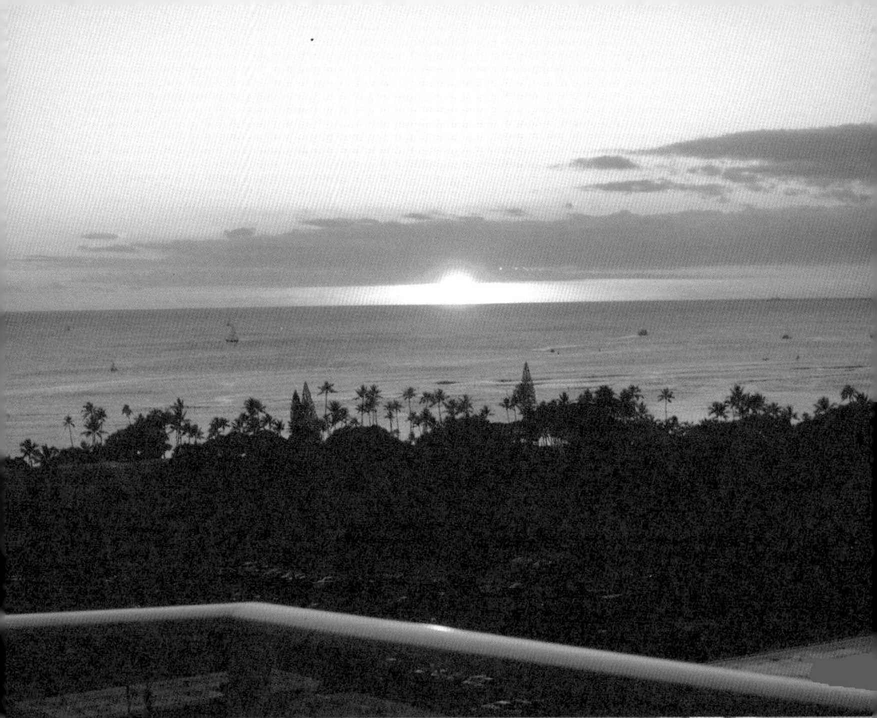

White Pepper

お母さんで
いてくれて
ありがとう

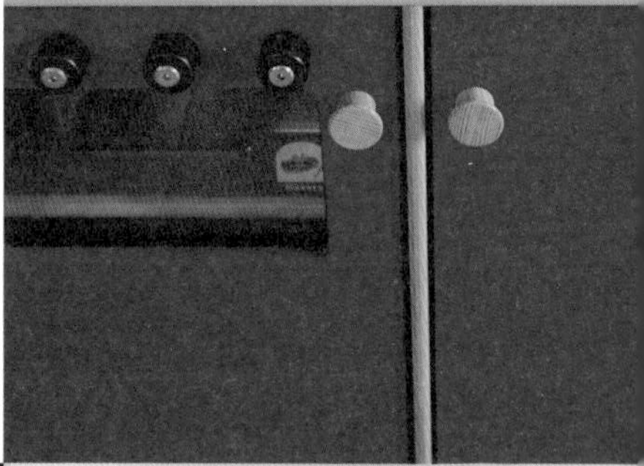

FULL MOON
Odyssey
SUPER TOKYO
LESLIE KEE
若冲
Kiki Smith
SAMUEL

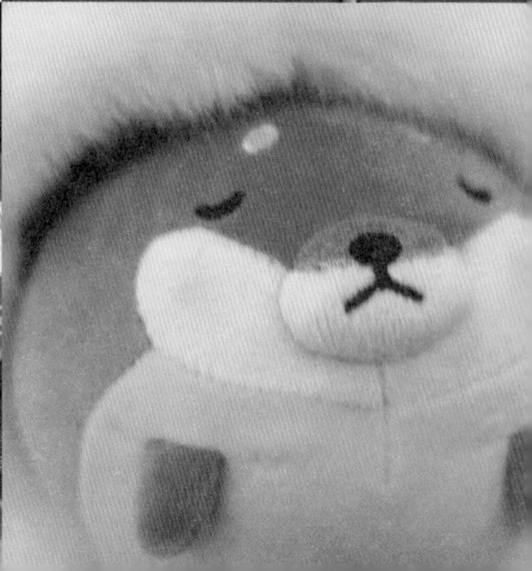

22

女演員這份工作

說到底，演戲這件事就是在鏡頭前，把自己從人生經驗中所學到的種種表現出來的一種行為。透過臺詞及情感，將真實的自己展現出來，這就是女演員的工作。

——茱麗葉・畢諾許

女演員的天性

「在所有的孫子之中，只有涼子沒有哭。」

祖父因為中風倒下了。

我在收到祖父被送進加護病房的消息之後，立刻開著車從電影的拍攝現場直奔位在橫濱的醫院。在此之前，我設想了幾個見到祖父之後的情境，並且在心底暗暗決定「我絕對不要哭」，這才打開加護病房厚重的大門。

病房內傳來規律的機械聲響，病床上躺著的正是插了許多管子及電線的祖父。

祖父眼睛緊閉、橫臥在床的身影一映入我的眼簾時，我立刻變得泫然欲泣。好難過、好擔心，心好像空了一塊，於是我的情緒背叛了先前的決定，感覺自己就快要哭出來。

不行！不行。我才不要哭。爺爺還沒死，還活得好好的，雖然現在的他一定很難受，要康復過來也一定不容易，但無論如何，他還活著。

所以，我必須要激勵他！況且我一哭的話，母親也會跟著難過起來。母親一定很想哭，所以我絕對不能哭。

我拚命忍住湧上心頭的情緒，用盡所有力氣鼓勵著祖父。儘管他可能一句都聽不到，而且我也知道他不會有任何反應，但說不定真的可以傳到他耳裡。

抱持著這樣的想法，我不斷說著鼓勵的話。

「爺爺，很難受吧，身上插了這麼多管子。不過你還活著，真的太好了。涼子心裡很焦急唷。你一定要趕快好起來，我們都會為你加油的。」

我一邊用雙手溫暖祖父冰冷的手，一邊帶著「絕對可以治得好」的信念不停跟祖父說話。最後，我跟祖父約定好「一定要好好地走出這間病房，並且健健康康地再次碰面喔」（單方面的），這才離開了加護病房。

成功了，我撐過了想哭的情緒。

沒想到，在所有的孫子之中，只有我一個人沒有哭，於是就有了「涼子是個冷漠的人」這樣的耳語。

我壓根都沒想到親人對我的評論會是如此，真的讓我啞口無言。
難道說「絕對不哭」的決定是錯的嗎？
不，一般來說即使下定決心不流淚，終究還是擋不住吧。然而我卻忍住了，我想這應該就是女演員的天性，換句話說，就是所謂的職業病。
我總是很在意身旁人們的看法，並且會將真實的情緒壓抑下來。而演戲對我而言就是不間斷地在練習控制自己的情緒。遇到「哭泣」的戲碼，如果提早在彩排的時候就流下眼淚，那麼臉上的妝就會花掉，導致必須花時間重新上妝，所以在正式拍攝之前，都要好好忍住。
有時候也會想要預先測試看看自己的情緒是否到位，不過還是擔心一旦氣力用盡，正式開拍時就無法爆發出來了，所以無論如何一定要忍住，也正因為如此，我才會一直處在忍耐壓抑的狀態之中……
我會失去原本的自我，以及無法展現真實的情緒，原因大概就是這樣吧……
到底怎麼做才是對的、什麼才是正確的，我已經不知道了。

回想起來，接到祖父倒下的電話時，我正在電影《送行者》的拍攝現場，戲中飾演我丈夫的本木雅弘是一位禮儀師，而當天要拍的戲碼，就是他要幫死去的父親（死者）做好最後的裝扮。

我不可自拔地將祖父的死亡危機與當下的情境聯想在一起，導致正式開拍時我立刻淚流不止。

在前往加護病房探視祖父之前，我就已經藉著演技讓情緒釋放出來了（但劇中身為妻子的我，在那一幕是不能嚎啕大哭的，所以當然是NG重拍了）。

演戲時，在有劇本（也就是有答案）的情況下，明明可以讓情緒爆發出來，但回到日常生活時，卻無法好好地將自己內心的感覺表達出來，這樣的女演員天性真的有些可悲呀。

第三章　做為女性，我喜歡些什麼、鍾情些什麼

23

女性的醋意

男性在談了戀愛之後，會身陷在吃醋的情緒之中；相反地，女性則是經常都會感覺到醋意，無須戀愛催化。

為什麼會這樣呢？主要原因是女性身邊無論有多少談戀愛的男性對象，終究還是會擔心自己的地位被其他女性取代，而且這種情況還會隨著時間變得越來越嚴重。而男女之間最大的差異，就是女性比男性更執著於金錢的實質利益。

「男性賺錢、女性存錢。」這句話真是至理名言。

——伊曼努爾・康德

女性守護未來

說到「男性的醋意有多強烈」，我個人可以算是與之苦戰的類型。接下來我就試著自己分析看看。

女演員的身分乍看之下的確相當出眾，所以站在「受到善待」的立場來看，的確很容易會讓男性感到自卑。

人們常說，女演員身邊會有很多「帥氣的男性（演員）」，因此曖昧不清的誘惑想必不少，難免會讓人擔心。

而且還要再加上媒體似真似假的各種報導。

光寫到這裡，就已經覺得要讓我的戀愛對象不吃醋，實在是不可能的任務，難度太高了。

然而，由於我的「工作性質」比較特別，所以我總是保持輕鬆爽朗的態度，並不會太過執著，換句話說，就是一點都不可愛。因此，我真的由衷地對我的戀人們感到抱歉……而且我總是想，如果我能生為男性，那麼從各個不同角度來看都是一件好事。

可能會有很多人覺得「妳這是客套話吧」，但我必須要說這真的是我發自內心的心聲。

這種充滿男子氣概的性格與氣質究竟從何而來？是因為年少時期我都在各式各樣的運動中長大嗎？還是因為身為長女的我，為了守護妹妹才導致這樣的性格？確切的理由我無從得知。

雖然是我的個人意見，但無論從什麼角度來看，針對康德所說的「女性總是醋意滿滿」，我實在無法苟同。

不過，「男性賺錢、女性存錢」這句話我倒是覺得有點道理。然而，實情並非是「女性比男性更執著於金錢的實質利益」，而是女性遠比男性更加貼近現實，並且女性重視的不僅僅是活在當下，更重要的是還要守護未來。

24

希望在出口等著我的，會是開心的事情。同時也希望，我不要再次回到這個地方了。

——芙烈達・卡蘿

成熟女性的生活相當辛苦

女性決定要「離開」的時候，就不會再回來了，也不會再回頭看。這是理所當然的事情對吧。

下定決心「分手」之前，女性一定會做各式各樣的討論，而且也會針對感情修補，在這樣的前提下仍舊要說再見，那麼手機裡面就不會再留任何與男朋友相關的資料了。

借出去的錢沒有還也無所謂，過往的回憶也「咻」的一聲拋出窗外。這樣的思維肯定不只用在感情上，包含工作或任何其他事情也都是如此。

該做的努力全都做了之後，如果還是決定「離開」，那就不會再有任何眷戀。不會再回頭，也不會感到後悔。

「希望在出口等著我的，會是開心的事情」這句話給了我相當大的啟發，芙烈達・卡蘿的說法真的比我的想法更加到位。我全然認同她的選擇，並且從中感受到無比的堅定之美。

「堅持就是力量。」

「涓滴之水亦能穿石。」

萬般忍耐或許也可以等到不錯的成果，然而傳統的日本女性大多都有選擇隱忍、等待，以及留下來的傾向。正因為如此，我才會想在自己的書裡收錄芙烈達．卡蘿的睿智金句。

長大之後，每個人都會增加許多社會上的身分，或是家庭裡的責任，例如工作上的往來、地方社區的關係經營等；另外，像是孩子的教養也會帶來學校師長及媽媽友等等的人脈圈，包含孩子學習的狀態，以及ＰＴＡ（家長教師聯誼會）上的分工合作等，錯綜複雜的人際關係就這麼互相交織。說真的，光是每天眼花撩亂的工作行程及聯絡事項，就把我完全淹沒了。

少年時期，可以好好地去做自己喜歡的事情、只跟自己喜歡的朋友互動、遇到麻煩的事情就請父母幫忙；進入青春期之後，可以把全副心力都放在喜歡的人身上，一說起話來就忘記時間，也可以跟好朋友們一起大吵大鬧，盡做些開心的事情。然而長大之後，要面對的就是全然不同的世界了。

成熟的大人真的很辛苦呀。

所以我才會覺得「希望在出口等著我的，會是開心的事情；同時也希望，我不要再次回到這個地方了」這句格言真的很重要。

25

關於愛，多數人的問題並不是出在愛本身，
意思是說，愛人不是問題，
問題在於不知如何被愛。

——埃里希．弗羅姆

在「相愛」之前，先學會愛是什麼

對於埃里希・弗羅姆的這句名言，背後究竟有什麼含意？如果要我來解釋的話，那就會是「弗羅姆認為『愛的問題』並不是出於『如何被愛』」。比起自己是否正被愛著，我們應該要把眼光放到更重要的地方，也就是自己到底有沒有「去愛人」、「付出愛」的能力。

人們常說：「被深愛著的女性是最幸福的。」但，這真的是對的嗎？某本雜誌（日經 WOMAN）就曾以「愛人是幸福」派VS「被愛是幸福」派為主題，刊出了相關報導，當中雙方所提出的理由基本上都不難想像，在此簡單舉幾個例子：

「愛人是幸福」派

- 只要心中有所愛之人，就非常滿足了。
- 女性心裡只要有個喜歡的人，一切就足夠了，至於對方是怎麼想的，其實並沒有多大關係。
- 因為對方是自己所愛的人，所以會想一直待在對方身邊，也會想為他付出一切。

「被愛是幸福」派

- 追在別人後面跑的愛情，雖然會有臉紅心跳的快樂，但相反地，受傷難過的機會也很多。
- 一旦有了被愛的感覺，往往就會變得有自信。
- 為了得到更多對方的愛，所以會督促自己持續努力。
- 如果沒有實際感受到愛，就沒有動力鞭策自己了。

記得心理學領域有個說法是「女性與其自己追男性，不如等著讓男性來追」，這是站在男性的角度來看，通常為了吸引女性的注意，男性得付出不少心力，並且也要有相當程度的執著，因此女性的心態就會偏向「被追求的時候會想逃走／當有人背對我時，就會感到不安」（註4）。

註4　我對你的愛勝過任何人／誰より好きなのに，古內東子於一九九六年發行的單曲。

打從兩人進入戀愛關係開始，不管過程中彼此相處的模式，以及兩人的關係如何改變，情侶也好、夫婦也好，「愛」與「被愛」一定都是同時並存的。

所以我們不該陷入「自己有沒有被愛」的疑慮之中，誰先攻誰後攻也不是重點所在，最理想的狀態是兩人「彼此相愛著」。

為了要做到彼此相愛，最大的前提就是要懂得如何去「愛」。

努力提升愛上他人的勇氣，以及「愛人的能力」，這就是一切的開端。

26

孤獨與愛

要養成愛人的能力，有一個重要的前提，那就是獨處的能力。

——埃里希·弗羅姆

四十歲的人眼中的愛

情侶、伴侶，以及夫妻。這些角色有辦法自己獨立存在嗎？過往的我幾乎不曾思考過類似的問題。

年輕的時候，只要我喜歡上一個人，就會犧牲睡眠時間跟對方講很久的電話；一旦對方提出要求，我也會逮到空檔就馬上聯繫；甚至會把藝人身分完全放在一邊，一有機會就跟對方約會。

所謂的愛情，就是要為對方付出一切，對此，我沒有任何疑問。我深深相信，用實際行動來表達喜歡的心情，就是愛情的模樣，同時也是誠意的展現。

不過現在想想，這很有可能是身為藝人及名人的我，自己內心的小小愧疚感。

為了讓心裡的那個人開心，所以才會努力想要遠離那些自卑、愧疚的想法。

站在藝人工作的角度來看，我們必須得要避開群眾的目光，而在當我忙起來的時候，聖誕節或紀念日往往都沒辦法一起度過，除此之外還有很多讓我覺得相當虧欠對方的事情。

弗羅姆認為，感情不是依賴對方，也不是施捨對方。「相愛」的最大前提，就是構築雙方對等的關係。

這一席話讓我了解到自己過往的戀情有多麼不成熟、多麼失敗。能夠獨處＝自立。

每個人都是獨立的個體，所以本來就該平等看待。唯有屏除上下關係或依賴關係，才有辦法體現出真正的「愛」。

「獨處的能力，正是養成『愛』這個能力的先決條件。」

弗羅姆讓我察覺到一個非常重要的關鍵。

現在的我可以坦然地說，我跟我喜歡的人，也就是我的先生，是一對保持對等關係的夫妻，我們兩人都具有平等看待對方的能力。

我想想有什麼實際的例子……

最簡單的例子就是，即使身處在同一個空間裡，我跟先生都還是可以各自做自己的事情（笑）；或是對於對方的工作，我們也都會保持尊重，不會給予過多的意見。

我們沒有非得要膩在一起不可，但是在獨處的時候，我們仍舊會掛心對方，仍舊感受得到對方的重要性……諸如此類（一直提起這些事讓我覺得有點害羞）。

弗羅姆所說的「養成『愛』這個能力的先決條件」，我可能到現在才剛滿足而已吧。

廣末涼子，四十歲。從現在開始，才正要好好了解「愛」的真諦。

真讓人感到期待啊。

27

百般忍耐的女性

忍耐是女性的美德。為什麼這麼說？主要原因是女性即使有許多想要爭取的事情，也無法在力量上取得優勢，所以女性往往就會把煩惱壓抑著、忍耐著，慢慢就變成了一種習慣。她們甚至會期盼這些忍耐能夠在不知不覺間漸漸減輕。

——伊曼努爾．康德

忍耐過頭就不完美了

在忍耐的能力方面，女性真的是高手，身為女性的我也不例外，最好的證據就是我先後罹患了三次急性腎盂腎炎。

第一次發病是在家裡的玄關處，當時我正要把包包遞給先生，嘴裡說著「出門小心」。

突然之間，一陣劇痛從背部傳來，讓我覺得有些不妙……雖然心裡暗自覺得不妥，但長男當時還小，晚一點得去幼稚園接他，而且手邊也還有不少沒做完的家事。一想到這些，就壓根沒有閒功夫替自己安排去醫院看病這件事。

我就這麼忍耐著背部的疼痛，結果沒多久三十九度的高溫就找上門了。我心想，過個幾天應該就會退燒了，所以每天都還是在忙碌中度過。然而三天後，我依舊高燒不退，雖然有些心不甘情不願，但我終究還是去就醫了。

橫臥在診療室的病床上，醫生輕輕敲了敲我的背部，沒想到一陣劇烈疼痛從背部傳開，讓我差點忍不住喊出聲。

「為什麼放任它嚴重到這個程度！妳應該很累吧？應該很痛吧？照目前的情況來看，最少要住院四天喔。」

醫生說話的聲音聽來溫柔，但內容卻相當嚴厲。

啊……主要是因為疼痛的感覺還算能忍受，至於疲勞的感覺則是習以為常了，所以平常除非是為了孩子，不然真的忙到沒有時間上醫院檢查。

長男現在長大一些了，體力也提升不少，所以不會再動不動就感冒，但小時候他經常傷風受寒，發燒、中耳炎等症狀讓我大半夜得要開著車衝到醫院的情況非常多。所以我真的覺得自己沒有到醫院接受診療的餘裕。

我的確應該更早到醫院看診的，對此我好好做了反省。但是，我實在沒有辦法把孩子留在家裡，然後自己跑去住院，就算麻煩孩子的爸爸負責居家照顧，我也很難想像從未下廚做過便當的他，能夠做出什麼樣的料理來……這麼一想就會覺得住院是不可能的事情。我拜託醫師通融處理，最終才得到許可，變成連續幾天往返醫院，並在醫院花多一點時間把點滴打完。

第二次急性腎盂腎炎發生在肚子裡懷著老二的懷孕期。大家一定都覺得「畢竟都發生過一次了，應該有經驗了吧？」結果……

我這個大傻瓜將腰痛歸咎於體重增加，而且，當我懷第一胎的時候，腰痛的感覺明明沒有那麼嚴重，嗚嗚，我心有不甘地認為「這就是所謂的高齡產婦啊！」於是我一邊努力調整呼吸，一邊忍耐著。

不過，這次由於身懷有孕，所以二話不說立刻辦理住院。然而當時的情況是，先生的生日驚喜派對將在兩天後舉行，我事前花了好幾個禮拜準備，努力確認一切細節，也邀請了幾十位貴賓來參加，沒想到身為主辦人，也就是我本人，居然得缺席了。傷心難過的情緒湧上心頭，害得我在醫院的床上哭了起來。

第三次患病的細節要是再如此詳述就太煩人了，所以容我省略。總之，當時我沒有辦法自己跑去住院，然後放著兩個兒子不管，因此在拿到診斷書之後，我就帶著孩子們以最快的速度衝回了娘家。

在飛往高知娘家的飛機上，氣壓導致背痛加劇，所以我只好一直彎下腰縮起身子。好不容易抵達了，我立刻住進了高知的醫院，喀鏘（哭）。

導致腎盂腎炎的主要原因是細菌感染，不過據說由細菌引發的炎症，一般只要多喝水就不容易進一步惡化，在得知這這個資訊時，我心裡就在想「那應該算得上是職業傷害吧」。

就女演員這一行而言，有時候會因為拍攝地點的限制而無法上廁所（因此不得不向便利商店商借）。尤其是在夏季拍攝時，不能讓身體流汗，所以幾乎都會盡可能地減少水分的攝取。

再加上剛生產完的新手媽媽，據說是這個疾病的高危險族群，原因是媽媽們容易將專注力放在小孩身上，所以要不就是錯過上廁所的時機，要不就是養成了憋尿的習慣。

很抱歉，這個例子真的不是那麼好，不過的確可以從中看出女性具有「習慣性忍耐」的狀況對吧？

「女性擅長忍耐＝很努力」。

話雖如此，但為了不讓自己四度患病，今後我會多加小心的（苦笑）。

「忍耐是女性的美德。」

我也是這麼想的，不過與此同時，我也想要向全天下的女性說：

「不要太過硬撐唷！」
「小心別陷入強忍的狀態！」
「也要好好照顧自己唷！」

成為女性

28

女人不是生成，而是形成。

——西蒙・波娃

放輕鬆，別被「女性特質」所局限了

這是個追求無性別或性別平等的年代，我也經常思考「活得像個女生是什麼意思」、「女性特質又代表著什麼」等等的問題。

女性特質本身就是個刻板印象，探究時代的演進就能窺知一二。不過，我從不曾質疑「女性」的定義是否來自於社會的規定；另外，我也從未想過「女性」一詞的意義，是來自於文化及社會對於女性特質的共識。

不過，照這麼說起來，伊斯蘭國家的女性特質就展現在地毯的編織製造上（這是女性的工作）。不光是地毯，跟紡織相關的工作全部都由女性包辦，所以我也曾聽說過「勞動者＝女性特質」的說法：在非洲也是如此，將大大的容器頂在頭上，並到河邊去取水的女性身影隨處可見（這同樣也是她們的工作）；而盧安達的農務也大多是由女性負責。

世界上有不少國家（文化圈）會將女性特質與勞動、勞工等字眼畫上等號。同時，發展中國家則大多將家務、育兒之類的家庭責任歸到女性身上，導致女性失去了受教育的機會，並且也無法參與各種事項的決策，因而產生了男女差異、男女不平等之類的問題。

在日本，女性可以用多元的樣貌進入社會安身立命，並且社會地位也相當穩固。現今的社會，男性也可以休育嬰假了，甚至還新增了全職奶爸、家庭煮夫等等的角色，那麼，站在性別的角度來看，女性特質一詞在日本又起了什麼樣的變化呢？

我搬到東京之後，沒過多久就到一位造型師家裡玩，我們是在工作上認識的，她的年紀比我大，而且已經結婚了。記得當時她對我說：

「涼子，要結婚的話一定要找自己獨居的人，那些一直跟父母親同住的人啊，大多都認為夜裡會有小精靈出來幫忙做家事、洗衣服呢！」

當時我還很年輕，所以無法完全理解她話裡的涵義，不過從她說話的語氣聽起來，可以得知她的先生應該就是那種從未自己一個人獨居的代表。與此同時，我暗自在心底發誓，一定要好好牢記她的這句名言與教誨。

另外，還有一件事發生在一對一起工作的前輩夫妻身上。由於兩人的工作都非常忙，所以就訂下了「誰先從辦公室回到家，誰就負責做飯」的規則。有一天，太太因為工作太疲憊了，所以傳訊息告訴先生「按摩完再回家」，此舉讓正在廚房的先生勃然大怒。「我也很累啊，但還不是回家準備晚餐了！」面對先生憤慨的訊息，她則是冷靜地回應道：

「你肯定是認為那些蔬菜會自己從冰箱裡長出來吧。」

聽到這句話的時候，我不禁在心裡讚嘆「也說得太中肯了吧！」當時的感動迄今仍記憶猶新。「你覺得這些蔬菜是誰去買回來放的？都是我啊！」就是這個道理。我也是嫁為人婦之後，數度覺得「如果冰箱可以直接跟超市連接的話，該有多好～」

可惜的是，我從不曾跟會做料理的男性交往過，所以到目前為止都沒有機會說出這樣的名言來。

會把話題帶到這裡，是因為我真正想表達的是：日本社會對於女性該負責家務及育兒的觀念還是相當牢固，即使如今已有非常多女性加入職場，但真要能稱得上是男女平等的社會，恐怕還需要花費不少時間。

與謝野晶子曾寫過這樣一段話：

女性特質指的是仁愛、優雅、謙遜等優點齊備；相反地，與女性特質背道而馳的應該就是陰晴不定、冷酷無情、傲慢自大、不懂裝懂、無禮、粗鄙、輕佻等等的性格吧。不過，我認為仁愛、優雅、謙遜等特質，對男性來說也是必要的特質。

——摘自與謝野晶子《女性特質是什麼》一書

這些特質，不應該只期待女性做到，反而應該視為人類全體都不可或缺的特質，也就是基本的人性。我深有同感。

女性特有的纖細或母性，是跨越時代、世界共通的。希望我們能夠在珍惜這些特質的同時，別被「女性特質」的框架所局限，以輕鬆自在的步伐，邁向嶄新的時代。

29

女性與家事

若是為了自己的事業或未來，任何人都會卯足全力。
但是，為了家庭的幸福，什麼都不做才是常態。

——阿蘭

無關乎是男還是女

阿蘭的這句名言所指的幸福應該是在家庭之內的，而不是家庭之外吧，所以我想這是一句警語，提醒人們必須要好好重視家裡的大小事。

他在寫下這句警語的時候，一定是以男性為溝通對象。考量到阿蘭所處的時代背景（他是活躍在十九世紀後半、二十世紀前半的哲學家），並再次審視這句話，眼前就會浮現「以工作為由，把家事推得一乾二淨的男人們」。假設「為了家庭的幸福，什麼都不做才是常態」是出自女性之口，肯定會被罵得狗血淋頭。

守護著家庭，將家人的幸福視為優先選項的家庭主婦，是一份非常重要的「工作」，因為主婦們每天都為了讓家人更加幸福，所以努力煮飯、洗衣、掃除，以及養兒育女，她們並不會被銷售額、工作的業績，或是俗世功名等「看得見」的成果給綁住。說到這裡，我彷彿都能聽到有人開始喊著「老公們啊，快去對太太表達感謝，好好讚美她們一番！」

根據調查，日本現在二十五歲至四十四歲的女性就業率（二十五歲至四十四歲的年齡層中，就業者所占的比率）為百分之七十七・四；另外，生了第一胎之後的離職率則相當高，有六成以上的水準，不過這個數值連年下降中。總而言之，結婚生子之後依舊留在職場上的女性越來越多了。

就世界各地而言，首先從一九六〇年代的美國，乃至於七〇、八〇年代的歐洲，都陸續發生了「寧靜革命」或「女性角色革命」，在這些性別革命的催化下，「男性出外工作、女性在家相夫教子」之類的男女性別分工，已經逐步起了變化。漸漸地，女性也可以一方面扮演妻子及母親的角色，一方面以個人的事業發展為前提，在處理家務及養兒育女之餘，同時也在外從事各項工作。

一經比較，就可以發現日本實際上還存在著男女不平等、少子化、女性的僱用型態、政府的育兒補助不足等諸多問題。

話雖如此，不過女性的社會地位的確一點一滴地在提升，能讓女性發光發熱的舞臺也確實增加了。這樣的改變，想必也充分反映在現實生活中的夫妻家事分配，以及男性對家庭的支援等。總而言之，這就是日本的男性隨著時代的推演而逐步進化的證據。

就我個人而言，具有傳統美德的女性，或耐力特別強的日本男性，我並不會不喜歡。甚至我會覺得，穿著圍裙的男人也是很帥的。

這是個攜手打造幸福家庭的時代，無關乎你是男還是女。

30

如果沒有愛，那就讓一切過去吧。

——弗里德里希・尼采

為了以正面的態度面對分手所做的準備

簡單明瞭且乾脆爽快。

我甚至有點覺得「得救了」（笑）。

無論兩人有多麼相愛、有多麼思念對方，或是許下了永遠在一起的誓言，愛情終究還是會有消逝的一天。

無論多麼努力向彼此靠近，無論有多麼互相理解、互相包容，或者是無論多麼「想要將冰封在冷凍庫裡的愛重新點燃……」（摘自竹內瑪莉亞單曲〈My Sweet Home〉的歌詞）。

當愛已然逝去的時候，除了責怪自己無法修復感情之外，也只能藉著找尋「時光倒流」的方法來逃避現實。

在心底深信一定還有辦法，因此開始改變表達方式、努力縮短距離感，拚了命地思考，任何能夠做得到的事情全都嘗試一遍……畢竟曾經是如此深愛的人，不可能就此由愛轉恨，這些話語就像咒語般不斷在心底反覆唸著。

即使是這樣的過程，我也不認為是浪費。這是為了未來的自己所做的準備，為了將來在面對不同的選擇或分歧的道路時，能夠有所覺悟，並且不會後悔。也就是打從心底接受「分手」，能夠用正面的態度看待這件事的一種準備，不要恨對方、怪對方。

不過，如果太過勉強自己的話，身體是會出問題的。好比說，蕁麻疹會在你的肌膚上畫出世界地圖。生理與心理是完全相通的。

當兩人的愛已經無法繼續走下去，倘若這一天真的到來了，那麼，好好珍惜自己，並且發自內心地珍惜對方，或許這就是「讓一切過去」的真諦。

31

戀與愛

愛並不只是「好喜歡」而已，更重要的是互相理解。
而理解，就意味著寬容……也就是不多嘴。

——佛蘭西絲·莎崗

戀上一個人與愛上一個人的差異

愛是寬容。不求回報、無償的愛。

這裡所指的「愛」，與「喜歡」是有差異的吧？「愛是主動的行為，而非被動的情感。」埃里希・弗羅姆曾說過這樣的話。所以，愛不是自己從天上掉下來的，而是必須「在自己的內心挖掘」。

再者，戀與愛也是有區別的。

我在十幾二十歲的時候，也曾經確確實實體會過「戀上一個人」的感覺。

因此那時候，我可以直言不諱地跟對方說「我喜歡你」，但卻不曾說過「我愛你」（苦笑）。

為什麼會這樣呢？為什麼這句「我愛你」就是會讓人說不出口呢……年輕時我心裡一直抱持著這樣的疑問。

我想，或許是「愛」太過崇高了，也或許是我自己還非常不成熟，所以才會感覺愛遙不可及，讓現在的我難以靠近。

瑪麗蓮夢露說：「有愛，就會有信任。當你愛上一個人，就會完全信任對方。」信任，以及理解。我想，這就是所謂的愛。

我總想，當我身邊有了喜歡的人之後，與其說是「信任」對方，倒不如用「不懷疑」來形容應該更為貼切。

因為無法全然信任對方，所以就會嗅聞到一些不自然的氛圍，進而提出「你現在在做什麼？跟誰在一起？人在什麼地方？」之類的質疑。畢竟，兩人即使交往、即使走入婚姻，也都還是獨立的個體。

每個人都該擁有自由的個人空間，倘若交往的對象不在身邊，就不會想知道對方過得開不開心、有沒有什麼感受，或是有哪些改變與成長，那麼我想就稱不上是「喜歡」。

話說回來，照這樣的角度來看，我自己的戀情究竟算不算順利？說實在的，我不知道該怎麼形容。

可能是因為對我來說，在談戀愛的時候如果不約束對方、不表現出吃醋的樣子，反而會帶來反效果。對方很有可能就會因此而產生「她會不會其實沒那麼喜歡我」的想法，並且伴隨著不安與寂寞的感覺。

總之我認為，戀上一個人與愛上一個人的確是不同的。

「愛」裡頭包含「信任」與「理解」，這是喜歡與迷戀所沒有的。

所以說，一定要做到「寬容」──也就是不要任意地多嘴批評。

雖然我發自內心地信任、尊重，以及理解我的丈夫，不過一想到「有沒有對丈夫嘮叨囉嗦」這個問題時，不免還是得稍微停下來審視一下自己（苦笑）。「看來我還有很大的進步空間啊。」莎崗對於愛的一番見解，讓我不由得開始反省起來。

32

奢華

條理分明的世界真的令人厭煩。
相較之下，混亂的狀態才真的是奢華。

——可可·香奈兒

成長的附加產品

不合群、不搖擺，果然很像是可可・香奈兒會說的話。

我就是想成為這樣的人，我就是想走自己選的路，並且也會秉持初衷堅持到底。如果我因此而被人們嫌棄，變成一個討厭的女人，那也沒有辦法。

——摘自山口路子《可可・香奈兒哲學》一書，大和文庫出版

我非常佩服可可・香奈兒，尤其是讓她能夠說出這一番話的堅定意志。

在這個重視平衡與協調性的世界，居然可以宣稱「混亂並不代表沒有秩序，反而是非常奢華的狀態」，她的風格令我大為嚮往。

正因為她不會被一般正規的常識或步驟局限，也不會被困在規定之中，所以才能不斷創新、不斷進步，進而開創了一個嶄新的時代。

我也希望自己可以堅持志向、無所動搖，並且也不會被一時的輿

論或周圍的眼光綁住。

二十歲的臉，是自然的產物；三十歲的臉，刻劃了你的生活痕跡；五十歲的臉，則呈現出你的真實價值。

——摘自前述書籍

年輕＝美麗，這是理所當然的。不過，「生活模式」所帶來的一切，價值就會顯現在「你的生活態度」上。

在成長的過程中，有許多隨之而來的東西，我會持續努力，期待自己可以找到能讓我一展長才的舞臺，同時也能像可可·香奈兒一樣，成為一個獨一無二的人。

笑容

33

我認真覺得，世界上最棒的東西，就是笑容。

——奧黛麗・赫本

笑容是會互相傳染的

小時候我很喜歡看「吉本新喜劇」，喜歡的電視節目則有《志村大爆笑》，以及《Down Town 漫才》。

到了高中時期，我喜歡上塔摩利的 VOCABULA（ボキャブラ天国）節目，昨天我甚至還為了友近小姐的舞臺劇「神社にラブソングを」（分成二部曲，第一部由友近小姐主演；第二部則變成水谷千重子及倉たけし的音樂會，笑），跑到明治座劇場去欣賞白天的演出。

沒錯，我就是這麼一個喜歡笑的人，而且我在上小學的時候有一個天大的發現。

那時候，我會完全複製《Down Town 漫才》的梗來逗樂班上的好朋友，或是模仿吉本新喜劇的裝傻擔當坂田，用他最為出名的「拍打系捧梗」（パチパチパンチ）來炒熱氣氛。我很喜歡大家一起哄堂大笑的歡樂氛圍，所以根本就像是班上的搞笑藝人（笑）。

然而有一次，擔任我們班導的女老師提醒我：

「廣末同學，妳是個女孩子，不要再繼續胡鬧了。」

現代社會已經明確禁止「原來是女生，難怪……」或是「真像男生會做的事」等等的言論，然而這些並不適合出現在無性別時代的NG用詞，事實上在我小時候卻被認為是理所當然的觀念，無論是父母或師長，都曾經說過「女生就要溫柔一點」、「男孩子不可以哭」之類的言論。

總之，對於班導的提醒，我的確思考了一下，「如果女生不能搞笑的話……那要怎麼做才能逗大家開心呢？」

當時我所擬定的作戰方針，也就是思考後的結論，就是「由我先開始笑」。

回頭想想那些大家哄堂大笑、和樂融融的場面，就會發現我自己也在笑。所以，或許笑容是會擴散的、會互相感染的。就算我沒有表演搞笑梗，但只要我自己保持笑容，那大家應該也會跟著一起笑！

對當時僅是國小三年級生的我來說，這真的是世紀大發現。

AI（植村愛）有一首歌是這麼唱的：「妳一笑，這個世界就會變得更加幸福；妳一笑，所有事情都會變得更好。把妳的手，跟我的手，緊緊牽在一起。」（歌名：Happiness）歌詞所說的就是這個道理。

後來，在我親身實踐「涼子笑容傳播戰法」的時候，又注意到一件（笑）。

反正在班上搞笑（逗朋友們笑）總會被老師罵，倒不如擴大施行展現笑容作戰計畫！於是這件事就這麼決定了。

如此這般，造就了今天的我。

直到現在，我仍舊發自內心地希望身旁的人能夠「常保笑容」、「笑逐顏開」，因為我覺得這世界上最棒且最重要的東西，就是笑容。

34

好勝之人

能力不夠強的男人，要跟我一起生活是相當困難的。不過，要是對方的能力真的比我還強，我是不可能跟他一起生活的。

——可可·香奈兒

雖是好勝之人，但私底下是愛哭鬼

「適合涼子的對象，是位高權重的人？還是大富豪呢？事實上我認為答案應該是伐木工。」

當我跟男朋友分手，正感到非常沮喪的時候，一位男性友人這麼跟我說（苦笑）。當然這並不是在挖苦我，而是根據我的工作及性格所提出的忠告。也就是考量到男女力量的均衡，以及社會地位等因素之後，才給了我這樣的建議。

「要到哪裡才能認識伐木工啊!?況且我壓根都沒聽過伐木工的聯誼（爆）。」

我笑笑地回應，不過內心其實有些贊同。

對於「女演員」這份工作，我的理解就是不能三心二意、不能公開示弱，當然也不能逢迎諂媚；對於媒體、週刊雜誌，或周遭人們的品頭論足，也不能輕易有所動搖。

「能力不夠強的男人，要跟我一起生活是相當困難的。」我沒有打算要拿自己來跟可可・香奈兒做對比，不過不知道為什麼，我總感覺自己跟她有各式各樣的共通點，真是不可思議。

香奈兒說：「女性應該要好好利用弱點，別光靠自己的堅強實力。」這樣的女性思維，我也應該要學起來。

年輕的時候，我老是會聽到喜歡的人對我說：「涼子是很棒的，所以一定沒問題！」「涼子是很強的，跟那個人完全不同類型。」像這樣的我，真的有辦法欣然接受自己的弱點嗎？話說回來，我甚至連該怎麼坦白自己的弱點都不知道。

現在的我，已經有了感情上的另一半，所以不太會再聽到「妳好強」之類的評語。我人生中最棒的夥伴，非常清楚我究竟是強還是弱，而且，雖然我相當任性、好勝、充滿男子氣概，但其實我內心是非常焦慮不安的，動不動就會嚎啕大哭，跟小孩子沒什麼兩樣。然而即使如此，他仍允許我這麼做，甚至可以經常感受到他的公平對待。

他是一個很強的人，但卻又不會表現出比我更強的那一面，我非常愛他，同時也很尊敬他。

35

就連嫉妒他人的閒功夫都沒有。

——岡本敏子

敏子老師的文字給了我勇氣

如果有閒功夫嫉妒他人的話，倒不如把時間拿來精進自己！與其硬把一些莫須有的懷疑推到對方身上，導致自己被一些完全沒必要的擔憂搞到心情煩悶、浪費時間，倒不如把時間拿來讓自己變得更有魅力，或是好好珍惜兩人的相處時光，藉以讓彼此的感情變得更加親密。我會希望自己可以引導喜歡的人，讓他變成更加帥氣的男人。

在高中時期，抱持著這種想法的我，與岡本敏子老師的書相遇了。那天，我正要去位在南青山的「岡本太郎紀念館」，盛夏季節，樹木的綠意給了我滿滿的能量。彷彿就像愛麗絲夢遊仙境一般，我在不知不覺間被引導到岡本太郎紀念館，並且被吸進了館內。

館內空間非常狹窄，但卻擺滿了極具氣勢與存在感的展品，每一件展品感覺都像是有生命寄居其中。展區空間滿到讓人懷疑根本沒有留白可言，現場瀰漫著強大的壓迫感。

除了作品之外，包含現場的工作區、各式各樣的工具，以及建築物本身，全都讓人覺得是活著的，似乎「下一秒可能就會自己動起來」。總之就是一個非常自由、非常敏感、非常熱情……但卻也非常溫暖的地方。

對十幾歲的我來說，那是個充滿衝擊、令人興奮的地方，所以當時的感受我到現在都還記憶猶新。不過，當天為什麼我沒有買岡本太郎的書，反而買了他的另一半岡本敏子的書？原因我已經不記得了。然而從那一天起，我的書架上確實慢慢增加了不少岡本敏子的著作。

難得有這個機會，我想好好介紹一下我喜歡的「岡本敏子」語錄。

「我愛你，好喜歡你，想為你付出，難道這樣還不夠嗎？」

「當男人自我設限，眼界變得越來越小的時候，女人就得要出來扛起一半的責任了。不過，無論是性格魯莽，沒有任何規劃就奮不顧身；或是不顧世人眼光，將自身的熱情投注在不被認同的事物上，總之，內心有想要完成的目標，且眼神散發著光芒的男人，就是最棒的。」

「激勵他、激發他，讓他挑戰更大的夢想。」

「活在當下，只有當下。」

嗚嗚……看了敏子老師如此深刻的文字之後，真覺得我所寫的這些貧瘠的文稿可以丟掉了。甚至就連說明或感想也都不需要了。我真的很想再多條列一百則敏子老師的語錄。

「人就是要互相襯托彼此，自己一個人是無法成就自己的。」

「你若不多多展現自己，那麼任何事情都無法開始。」

36

關於變老

長皺紋這件事真的有那麼糟嗎？
那可是一種動章呢。

——艾瑞絲・愛普菲爾

抗老化不如健康地老化

我非常喜歡母親笑起來時的皺紋，非常可愛、迷人，而且就跟艾瑞斯所說的一樣，我覺得那真的就是一種「勳章」。性格開朗、活力滿滿，心態積極且好勝的母親，打從我小時候就跟我說了非常多生為女性應該要知道的建言。

「女孩子擁有可愛笑容的方法，就是嘴角要上揚。」
「朝會的時候記得一定要把重心放在腳尖！因為我們有家族遺傳的大屁股。」
「討厭刷牙導致一口黃板牙的女孩子，是沒辦法成為女演員的。」
「長大之後，一定要留意甜甜的酒。」
「我們家的教育方針就是養成一個『懂得打招呼』的孩子。」

多虧母親的教導，我從五、六歲開始就會在鏡子前練習笑容。這肯定就是我現在會下意識露出鴨嘴表情的原因；而且，小學時期我幾

很開心
您拿起這本書，
謝謝您
ありがとう
Thank you
Lot's Love..
© HIROSUE RYOKO 2022
尖端出版
www.spp.com.tw

乎每個禮拜都會去看牙醫，因此後來也成為了喜歡刷牙的少女。

上了國中之後，我在母親交給學校的資料中，看到家庭教育方針一欄寫著「懂得打招呼」，當時我還拜託母親：

「寫點困難度高一點的事情吧，不然太丟人了，打招呼誰不會啊。」

不過，進入演藝圈之後，周到的禮貌與招呼讓我收到無數稱讚，真的多虧了父母親的教導，讓我能夠自然而然地做到這一切，再次表達我由衷的感謝。

我的母親是個正直、努力，且表裡一致的人，由於在生活上過得非常認真，所以個性也有點強硬。不過另一方面，她卻也有么兒愛撒嬌的特質，感覺就是「少女直接變成大人」。

可能正因為如此，所以她的臉上才會有如此明顯的笑紋吧。我真心覺得，那非常漂亮。

母親的母親，也就是我的外婆，已經高齡九十五歲，根據她本人的說法，當她笑起來的時候，「比涼子還要美！」的確，無論是白皙滑嫩的肌膚，或是柔軟的雙手，真的都好美。

所以我覺得，與其追求抗老化，不如健康地變老要來得更好。我希望自己可以像母親及外婆一樣，在皺紋刻劃的過程中漸漸老去。

第四章　跟著孩子與家庭一起成長

37

為了孩子

不選擇也是一種選擇。

——尚・保羅・沙特

我的規則被打破的那一天

自從孩子出生之後，我始終堅守著「my rule」，而決定寫這本書的那一天，就打破了規則。

那個規則就是「不能把工作帶回家」。在家一定把注意力放在家務及育兒上頭。即使有空檔時間，我也不會拿來用在工作上，而是會跟孩子們一起玩，或是聊聊天，對我來說，家庭就是第一優先。

這就是我在生了孩子之後，堅持遵守了十七年的「my rule」。看了以上描述，可能很多人會覺得我非常忠於母親的角色，不過事實上並沒有這麼帥。

我在他人眼中似乎是個厲害的人物，這可能源自於年輕時學業、工作兩方面都有不錯的成績，而現在則是家庭與事業都顧得很好。不管是職場上的同事，或是周遭的朋友，大家似乎都覺得我是個「能夠迅速掌握要領，做任何事都能得心應手」的高手。

不過，事實正好相反。想要同時間兼顧兩件以上的事情，對我來說就是不可能的任務。

就女演員這份工作而言，如果要我在同一時期演出不同的作品，也就是扮演不同的角色，我是做不到的。就像我沒有辦法一邊看書一邊聽音樂一樣。無論如何，我都必須專注在同一件事情上。

再者，我的資訊管理能力並不強。學生時期，即使我在考試前做了考古題，上了考場也會全部忘光光，所以每次都得要自己重新解題。班導還曾經對我說：

「廣末，妳根本沒有抓到訣竅，效率太差了。」（苦笑）

正因為我非常了解自己，所以才會自己訂下了「my rule」。要是我開始在家工作的話，周遭正在發生的事情我就會變得視而不見。孩子們的情緒或行為，想必會被我忽略。

我不想要變成這樣的媽媽，所以才會做出這樣的決定，「不能把工作帶回家」。

然而，為了出版本書而開始撰稿之後，無論從哪個角度看，要繼續遵守「my rule」實在不容易。

如果要堅持不能把工作帶回家的原則，那麼我到底還能在什麼地方撰稿呢？為了寫書不得不去租借一個房間，或是去住飯店，這實在說不過去。也正是因為開始撰稿，我才注意到這件事。

寫這篇文章的當下是凌晨的四點，我現在每天都會在凌晨四點起床撰稿，早上的四點到六點，是我忙著用詞選字及撰寫稿件的時間。接著，我會花兩個小時處理洗衣、料理等事宜，做好孩子們上學前的種種準備，並送他們到學校去上課。最後，自己花個十分鐘稍微打扮一下，便往拍攝現場前進。

自從接到這本書的出版計畫，並決定由我自己動手撰稿之後，我就開始過著這樣的生活。每天我都覺得好睏，感覺體內不斷有小氣泡在冒上來（笑）。

今天早上才剛五點半而已，女兒就醒來了。

「怎麼啦？現在還早，再回去睡吧。」

在我說完之後，女兒用小小的聲音說：

「因為媽媽不在我身邊啊。」

現在的我，正在奮筆疾書，而女兒則像天使般在一旁安穩沉睡。

聽得到窗外秋天的蟲鳴，以及窸窣的雨聲。泛白的天空，以及女兒熟睡的臉龐。

讓人忘卻疲勞的幸福時刻。

看來，稍微打破一下規則的感覺還不錯嘛。

38

玩樂與人生

玩樂可以教會人們自我克制。

——羅歐・卡尤瓦

盡情玩樂的孩童時代

在孩子們的眼中，「玩樂就是全部」！事實上，玩樂可以同時間滿足心靈及身體雙方面的需求，而且會讓人投入所有的精力，因此也有消耗能量、激發創意、活用知識等等的好處。可以感覺得出來，「玩樂」就是一切的原動力。

小孩子就是要像這樣。在玩樂的過程中，可以展現出小孩真實的一面。

反過來說，在孩童時期，有很多經驗都是從「玩樂」中學習而來，也就是從「玩樂」的過程中學到很多東西。

現在這個時代，即使家裡已經堆滿東西，我也不再特意帶孩子們去百貨公司或玩具店買玩具，但他們還是可以跟著爸爸一起上網找玩具，找到之後稍微點擊一下，玩具很快就會送上門來。

現在這個時代，即使不去朋友家裡集合，吵吵鬧鬧地分成兩個陣營，也能在家裡串聯全世界，輕輕鬆鬆就可以展開對戰。

「玩樂」一詞雖然沒有改變，但實質的形式與型態已經隨著時代的演進而起了莫大變化。

不過，無論身處什麼樣的年代，「玩樂」在孩子的教養上仍舊存在，而且有時候就連大人也會跟著一起入迷。因此，玩樂不僅能夠加深家人間的感情，而且還伴隨著許多生存必要的知識供人學習，不是嗎？

我小時候最喜歡玩的東西就是「捏泥巴」，先仔細地將堅固的基底做出來，接著不斷和進沙子，慢慢地塑形，最後就可以得到一個又光滑、又漂亮的泥球。

上幼兒園的時候，我很不喜歡午休時間，所以每每我都會在確認大家都睡了之後，拜託老師帶我去中庭，然後我就會開始專注地製作光滑漂亮的泥球。

小學低年級的時候，我常熱衷於警察捉小偷（分成小偷與警察兩個陣營，有點類似鬼抓人的遊戲，根據區域的不同，有些地方會稱之為小偷躲警察）或S型隧道（玩法是在地面上畫出一個大大的S形，藉以分成兩個營地，雙方都要到對方的陣營去奪取「寶物」）等遊戲，我會跟朋友們一起討論策略，每到休息時間，我們幾乎都在玩，完全沒有休息（笑）。

小學中年級時流行的是足壘球，為了比學長們更快搶到大一點的空地，我往往都會在下課鈴聲響起的同一時間，拚了命地往操場的方向衝。

升上高年級之後，我迷上了籃球與足球，每天早上我都是第一個到學校的，然後我會跟體育室的工作人員一起去開門，拿到籃球後就到場上開始自己一個人練習投籃。放學後，在補習班開始上課之前，我也會硬擠出一小段時間，加入男生的隊伍之中，追著足球跑來跑去。另外，由於我們家並沒有禁止小孩子打遊戲機，所以我在紅白機時代也是玩了個心滿意足。

像我這樣活潑的女孩子，髮型也就一直都維持著俐落短髮；而且，我幾乎都沒有在穿裙子，所以從外表上看起來真的跟男孩子沒什麼兩樣。玩遊戲的時候，我也都跟男生玩在一起。不過，我在家的時候還是會跟妹妹一起用「莉卡娃娃甜蜜家庭」，或是「森貝兒家族」之類的玩具來玩扮家家酒。

回頭想想，我還真是一個很「會玩」的孩子啊（笑）。

就算是這樣，當我自己在教養兒子的過程之中，還是跟著一起體驗到許多我從沒玩過的遊戲。

爬樹、傳接球、釣小龍蝦，還有露營！

「動物森友會」、「任天堂明星大亂鬥」等電玩遊戲，也是孩子們教我玩的，他們彈吉他跟打鼓的技術也比我厲害一百倍。

今後我們一定會繼續玩、繼續學！

我最喜歡的一句話就是「一起吃、一起睡、一起玩！」（註5）

註5　一九八八年Nissan Cefiro初代發表時的廣告詞。

39

信任孩子

人們思考的大多是如何保護孩子，但這樣的想法其實是不夠的。應該要教導孩子在長大成人後學會保護自己，除了必須頂住命運的打擊、不受榮華與貧困的影響之外，有必要的話，也必須讓他即使身處冰島的冰天雪地，或是馬爾他島的炙熱岩石上，也能夠活下去。

——尚・雅克・盧梭

為人父母的課題

當孩子處於嬰兒時期，肌膚不要離開孩子。
到了幼兒時期，肌膚離開，但手不要離開。
到了少年時期，手要放開，但目光不要離開。
到了青年時期，目光要移開，但心不要離開。

在開始養兒育女之後，我就對前述的育兒四訓印象深刻、非常有感，而且視為重要經典。

生產、養育、疼愛、成長、獨立、親子間的羈絆。

接下來我想介紹一本我自己最喜歡的育兒書籍——《西爾斯博士夫妻的育兒經》（シアーズ博士夫妻のベビーブック，主婦之友社出版）。為了教養出一位既溫柔又堅定的孩子，一定要看看……

在這本書裡頭，作者最為強調的就是「讓孩子依賴父母」的育兒方法，也就是「與孩子接觸、接受孩子的要求，並且透過付出滿足孩子」。如此一來，母子之間的「羈絆（情感聯繫）」就能建立起來。將孩子養育成開朗健全的性格，固然很重要，但從小就開始學習親密關係也很重要，透過親情的接受及給予，可以讓孩子學會信任身邊的人。若能對自己有充分的自信，那麼將來也就能成為健全獨立的個體。

開頭的名言所提及的也是這樣的觀念，在孩子逐漸成長的過程中，會有許多需要守護的地方，不過有時候也是得要放手讓孩子自己去嘗試。

井本蓉子在自己創作的繪本作品《像月亮一樣》（つきのように，岩崎書店）中，提到了動物的生命力、親情的羈絆，以及隨之而來的「親子送別儀式」，透過分開的方式，讓孩子找到自己的生存之道，並且教會他們活下去的方法。

我自己本身就是個「將所有心力全都灌注在孩子身上也在所不辭！給孩子的疼愛再怎麼多也不會有過頭的問題」這一類的媽媽。

我的看法是，雖然在介入幫忙這方面，我可能有點做太多了，不過我想我並沒有寵孩子寵過了頭。

每天早上我都會跟他們抱一下，說句「最喜歡你了」、「好愛你喔」之後，才送他們到學校上課；另外，在飲食教育方面，我從孩子讀幼稚園開始，一路到小學、中學為止，前後總共十二年的期間，我每天都會親手幫他們製作便當，並將我想傳達給他們的愛注入其中（因為我的孩子們都還小，所以這算是現在進行式）。

接下來，孩子們就要進入青春期了，也就是「目光要移開，但心不要離開」的時期。究竟我能不能做到「目光移開」呢？有沒有辦法不要太過嘮叨，在信任孩子的前提下，鼓勵他們大步向前邁進呢？最重要的是，我能不能帥氣地做到親子分離呢？我想，這是身為媽媽的我接下來得要面對的課題（笑）。

40

我們每個人都是天生的弱者，我們都需要力量；我們每個人都是空著雙手來到這個世界的，我們也都需要幫忙；我們每個人來到這世界都是公平的，我們也都需要判斷力。長大後需要用到的必要能力，雖然大多並非與生俱來，但教育機制會把我們一個一個教會。

——尚・雅克・盧梭

我希望可以跟著孩子一起成長

在這個世界上，有很多動物生活在各式各樣的極限環境中，雖然有點冒昧，但我想問問看，關於「極限環境的動物」，你知道些什麼？

比方說，白頰黑雁出生後一天就必須完成高空彈跳。令人感到震驚的是，才剛出生不久的白頰黑雁，儘管是連站都站不穩的雛鳥，但在第一天就得從一百公尺高的懸崖往下俯衝。看到相關影片的時候，每個人應該都會驚訝到忘記呼吸，甚至用手把眼睛遮起來。畢竟映入眼簾的是如此稚幼的雛鳥，全都站在高到令人頭暈目眩的懸崖上，依序縱身往下跳的畫面。

那麼，你覺得這麼小的雛鳥為什麼會做出這樣的舉動呢？

答案就是「避免被狐狸之類的天敵吃掉」！雛鳥生活的鳥巢附近，有非常多天敵，所以對雛鳥來講，牠們可以說是住在非常危險的地帶。為了不讓沒有能力逃跑的雛鳥被其他動物吃掉，唯一的方法就是在沒有任何安全措施的情況下，讓牠們自己從一百公尺高的地方往下跳。

這個看似合理的行為，對雛鳥們來說，正是存活下來的最佳方法。從懸崖向下俯衝的雛鳥們，由於體重還非常輕，所以並不會重重撞擊到岩石上，而是會像羽毛一樣輕輕落下，緩慢且鬆軟的落地畫面真的讓人相當驚訝。

其他像是生活在南非高溫地區的「南非地松鼠」，就會用尾巴來當作陽傘，藉以降低體溫。為什麼牠們會選擇在如此酷熱的地方生存呢？這是因為牠們的生存戰略為「在沒有其他松鼠生存的地方繁衍」。

將渦蟲從身體切成兩半的話，就會變成兩隻。這種扁形動物一旦被切成兩半，那麼兩邊都會發展成新的個體，而且令人訝異的是，不管把渦蟲的身體切成幾段，十段也好，一百段也罷，每一段都會長成新的個體。經過實驗，最大的極限是可以切到兩百七十九段。想必這是牠們為了提升種族存活的機率而發展出來的生命特質吧。

「突然聊起動物的話題啊！」應該有不少讀者會在心底這麼想，其實主要是因為我在看了盧梭的名言之後，想起以前曾在電視節目上看過一檔節目在介紹「生存於極限環境的動物們」。

總而言之，我的結論就是「人與動物有很大的差異」。而且，人類遠比動物要來得柔弱許多……像是開頭提到的沒有安全措施的俯衝、用自己的尾巴當作陽傘，或是不管切多少段都能夠活下來，無論是哪一個，都是人類做不來的事情，因為我們的身體並沒有進化成那樣。

因此，我們需要力量、需要幫助、需要判斷力，更重要的是，我們需要教育。透過教育所獲得的知識是非常重要的，而能夠讓我們繼續繁衍生存下去的所有東西，今後我會好好珍惜，並且傳承給孩子們。

不過，應該沒有必要像超級登山家山羊一樣，為了讓孩子理解生死關鍵，就把孩子推下山崖吧。

到底該嚴格到什麼程度？真的有辦法在重要的時刻支持孩子，並且在必要的時候放手嗎？做為一個母親，我希望自己能跟孩子一起成長，所以我無時無刻都會像這樣在心底自問自答，甚至直到最近也都還在自我調整。

41

五歲的孩子都是天才

我一直都覺得五歲是我們人類的黃金時期，我們每個人在五歲的時候，都是天才。

——艾力・賀佛爾

孩子們的黃金時代

艾力・賀佛爾這句「五歲的孩子都是天才！」對現在的我來說真的非常有感。

我們家的那位天才，現在就正好五歲。早晨起床後，自己換好衣服，接著在椅子上坐下來，說了聲「我開動了」，然後便靈活地用筷子開始吃起早餐。

一邊欣賞自己的拼豆熨燙作品，一邊不時撥弄翻花繩的毛線，並且在同一時間秉持三角法（小菜↓麵包↓牛奶）慢慢進食，照著自己的步調把早餐吃光光之後，再以一句「我吃飽了」做為結尾，最後將餐具疊收在盤子上，並踩著慎重的步伐拿到廚房去。

把便當及水壺裝進幼稚園的書包裡，接著進行每天早上的體溫量測（新冠疫情的緊急事態宣言發布之後，每天量測體溫也成為孩子們的日常任務。每天都要將體溫登記在健康調查卡，並提交給學校或幼稚園）；上完廁所、穿上外套、戴上幼稚園的帽子，最後在玄關挑選一雙最適合今日穿搭風格的鞋子，站在全身鏡前對自己笑了笑，接下來就出發吧！

你看看，是不是跟大人沒什麼兩樣呢（笑）。才五歲就可以如此帥氣地把自己的事情做好。

不過話說回來，不能因為五歲孩子的行為舉止像個大人，就冠以天才的稱號。

我們家的天才，不僅可以將米津玄師的〈パプリカ〉全部唱完，就連〈lemon〉，或是 LiSA 的〈炎〉，也都可以唱得很好。此外，當我們一起進到廚房做料理時，不僅把餃子包得非常完美，在製作漢堡的時候，雙手碰到冰冷的食材也會忍著做到好，另外還有炸蝦的麵衣也處理得很好。

「這樣就能算得上是天才了？」如果有人這麼問，我想我也不能無端地說出不負責任的話來。

只不過，站在為人父母守護的孩子的角度來看，經過了五年的陪伴與支持，女兒在我眼中當然是最可愛的，再怎麼寵愛也不為過！甚至到了想要一口吃下去的地步（笑）。

所以，就我的立場而言，她就是天才無誤。而且我認為她一直都處在狀態絕佳的「黃金時代」。

希望女兒「天才的時期」、「最棒的狀態」，可以一直長久地維持下去……

做一些會讓自己感到開心的事情

42

「你啊，如果真的想做蠢事的話，就去做你真正喜歡的事情吧。」

稍微解釋一下，這句話如果是說給兒子聽的，那就可以稱得上是非常明智的建言，也很像為人母會說的話。

——弗里德里希・尼采

孩子們的未來是無限光明的

這真的是一個快樂的母親，一個非常棒的母親。我希望自己也可以像她一樣。

我認為對孩子們來說，學習最多的管道就是「玩樂」。玩樂是學習的起點，為了讓自己玩得更開心，於是有了許多發想與創意，而且過程中也會激發好奇心、增加專注力，包含興趣與探究的熱情，也都跟學習緊緊相連，未來也可以形成知識，或是發展成更深層的研究，因此玩得開心可以說是一切的原點。

我想起一件大約發生在十多年以前的事情。有一天，一通電話從兒子的學校打過來。

「您的兒子受傷了，煩請您到學校來一趟！要不要送去醫院之類的後續處理，需要等您來了再……」

因為我先前已經接了好幾次這樣的電話，所以已經不會再像一開始的時候那樣感到緊張或焦慮。暫且先在電話中問清楚受傷的概略狀況及嚴重程度之後，這才趕緊前往學校。

據說，兒子受傷的部位是右腳的小腿，也就是連英勇的弁慶都會痛到流淚的脛骨，傷口因為擦傷的關係而整個皮開肉綻的，甚至還能看得到白色的骨頭。

光聽就覺得很痛，就像腦中一想到梅子，口水就開始分泌一樣的道理。「到底是做了什麼才會傷成那樣啊！」我一邊想著一邊踏入校園，來到兒子面前。

暫且先不管傷口看起來有多可怕，看到兒子臉上露出略顯歉意的笑臉，似乎在說著「真的很痛」，我也因此放下心頭大石。

聽了事件的發生經過，才知道原來兒子當時正跟幾個朋友在挑戰「膝蓋不彎曲的前提下，可以跳幾階樓梯」，並拿來當成一種比賽。當下我立刻追問：

「其他孩子都沒事吧！」結果兒子說：

「啊，這個挑戰是我率先提議的，所以我就先跳了，然後就這樣了（笑），所以大家都沒事。」

十多年後的現在，仍舊可以看到他的脛骨上刻著當時所留下的勳章。現在已經變成了令人懷念的回憶。

不過說實在的，小孩子，尤其是男孩子，到底為什麼會有那麼多奇奇怪怪的想法。雖然小時候的我就像個小男孩一樣，但終究我還是個女生，所以還是感到無法置信。真的太蠢了（笑）。

然而，我的腦海中卻浮現了幾個小男孩聚在樓梯轉角處，彼此用肩膀互相撞來撞去，鬧得不可開交的畫面，

「真的是淨做一些蠢事。」

這就是我的兒子。

站在父母親的角度來看，每天都過得提心吊膽的，而且時不時還會伴隨著危險。不過，我想母親就是這樣，會想要守護在孩子身邊，一起大笑，或是有時候也一起反省，就這麼看著他們一天一天成長。

我並不想成為那種嚴格禁止各種事情的母親，雖然那樣可以避開危險、減少玩樂，並且強迫孩子好好念書。

我希望孩子可以盡情擴展自己的可能性，並將最強大的自我肯定感裝進行囊之中。

他們的未來是無限光明的。

43

無法愛上孤獨的人，
也不可能愛上自由。

——阿圖爾・叔本華

不善於面對孤獨，但仍希望可以跟孤獨好好相處

「跟不安及孤獨好好相處。對夢想投以溫柔的微笑，而且最重要的是，要誠實地看待自己的夢想。」

二〇二〇年夏天，全世界都陷入新冠疫情的威脅之中，先不說日本的每日感染人數完全沒有下降的趨勢，光是美國就有超過二十萬人因感染新冠而死去。當時，長男正在美國留學，得知他暫時無法回國的我，跟他說了前面這一段話。這是來自知名攝影師幡野廣志的作品，摘錄自《為什麼要問我呢？》（なんで僕に聞くんだろう）一書。

「跟不安及孤獨好好相處。」

我試著告訴兒子——

我喜歡這段話帶給我的感覺，它一方面給人一種溫柔的印象，不過另一方面卻也能夠理解文中所提到的要求是非常難以達成的。不過，無論如何我還是希望自己可以讓這句話稍微靠自己更近一些。

冷靜地看待「孤獨」這件事，不讓自己沉溺在寂寞的情緒之中，但也沒有想要超越或是克服，這就是所謂的「好好相處」。

雖然以年齡來講，我已經算得上是成熟的大人，而且給人的感覺也一直都很成熟，但這種「餘裕裡同時混雜著不安與孤獨」的狀態，我還是有點嚮往。

這句話的魅力與深度，頓時讓我們感覺到時間彷彿停止了，然而下一秒，兒子立刻說：

「我，真的，拿孤獨沒轍啊！」

太過誠實的發言讓我笑了出來。

「媽媽也是啊！真的完全沒轍（笑）。」

我們兩人都笑了。還真是半斤八兩的一段親子對話。

對我來說，要跟「孤獨」當好朋友的日子恐怕是遙遙無期，兒子就更不用說了。不過，我覺得可以像這樣一起成長是很棒的一件事。父母親不見得永遠都是對的；年紀大的人也不見得一定都會走在前面。所以如果有一天，長男超越了我，真的能跟孤獨好好相處的時候，我也會希望他能將訣竅以及真實的感覺告訴我。

願夢想與希望能常伴他左右……

44

珍惜生活

遊戲人間的人，註定一事無成；
無法掌控自己的人，註定永遠都會是奴隸。

——歌德

在「媽媽的休息日」到來的那一天為止

沒錯！就是這樣！珍惜生活，每天都不浪費，不縱容自己，無論如何都必須要奮發圖強。

就我的情況來說，工作的日子，也就是有拍攝行程的日子，我一定會義無反顧地投入最大的動力與熱情，使出渾身解數，就像蒸汽火車一般，忙到頭頂冒出陣陣熱氣，所以一點問題都沒有。

不過，說到休息日的話，又是怎麼樣的一副光景呢？其實不管是休息日，或是工作日，家務及育兒這兩件事都不可能放下。世界上所有的母親應該都會這麼說吧，當然我也不例外。

雖然我現在已經四十歲了，但還是會經常翻閱流行雜誌，看著雜誌上漂亮的模特兒們，一頭蓬鬆且時髦的長髮迎風搖曳，走在街上的輕鬆步伐讓喇叭裙都畫出了完美弧度，這就是最令人嚮往的「媽媽休息日」，但想要實現，簡直比登天還難，真不曉得要等到哪一天。

當然，接到流行雜誌的內頁拍攝工作時，我也會畫著漂亮的妝、穿上與平時截然不同的鮮豔衣服，甚至還會挑戰短褲，然後到青山那附近信步漫遊，體驗一下理想中的休息日，在那個當下，往往我的腦海中就會浮現「我也好想過這樣的日子啊」之類的想法。

總之，就我而言（應該說是就大多數的職業婦女而言），往往都會發現到自己不管是工作日還是休假日，全都在勞動。根本就沒有遊戲人間這回事。

直到宛如美夢般閃閃發亮的「媽媽休息日」到來的那一天為止，我一定會以職業婦女的身分好好努力、堅持到底的。

45

當危機降臨時才開始做準備，就太晚了。

——塞內卡

生了孩子之後才有的危機意識

不知道從什麼時候開始，原本不知害怕為何物的我，變得會在事前思考所有可能發生危險的情況。

年輕的時候，總會覺得即使突然天塌下來，或是發生危及性命的大事，我也會覺得那就是命運的安排，並且坦然接受。

所以我想，一定是生了孩子之後才變得如此。跟孩子一起生活之後，我才發現到原來生活中潛藏著那麼多危險。伴隨著危險所帶來的不安與擔憂，讓我學會了重視安全。像是食品或衣物的原料，都必須多加留意；就連過往我一點興趣也沒有的社會脈動及新聞資訊，現在也得保持敏銳，並且迅速反應。

即使只是走路，也會去思考「如果這輛車子突然往後退……」藉以抓出安全距離；搭電梯的時候，也會想到「如果電梯突然停止了……」該做好哪些準備才能無後顧之憂。於是，包包裡開始多了尿布、飲料，以及一點點的食物，出門時隨身攜帶的物品就這樣變得越來越多。另外，每次搭飛機的時候，我都會認真思考「如果這架飛機墜落在海上的話……」為了要拯救我的孩子，首要之務得先讓自己的負擔變輕，那麼，身上的衣物要脫到什麼程度才行呢（笑）？

就是因為有了孩子，所以我才開始培養避開危險的能力，並且開始學習提前為防止危險而做準備。因為有了必須守護的事物、想要守護的人，所以我才開始對危險變得有感，同時也有了具體的認識。

當地震之類的天災發生時，應該要到哪裡去避難、到哪裡去會合？這些我都跟家人分享了，彼此也有了共識。

不可以跟不認識的人走！雨傘或鞋子上不可以寫名字。書包裡要放一個預防犯罪的蜂鳴器。

新冠疫情開始延燒以來，我們都會每天量測體溫、確實消毒，並且所有家人都徹底遵守戴口罩的規定。

還有很多很多避開危險的方法及應對處理的技巧必須教會孩子。今後我也會用一生的時間跟著孩子一起學習、一同分享，直到孩子們也成為父母親的那一天為止。

46

關於生命

每一個誕生在這個世界的人，都會為這個世界帶來一些獨特的東西。

——漢娜·鄂蘭

生命的誕生是幸福的泉源

我非常尊敬漢娜，因為她即使經歷了多麼痛苦的現實、多麼殘酷的事實，都還是對人類的誕生給予高度肯定。

正因為她以不屈不撓的精神奮鬥到底；正因為她是活在愛與真實之中的漢娜・鄂蘭，所以我才能從她所說的名言之中得到喜悅與勇氣。

對我來說，生孩子這件事是奇蹟般的經驗（我想所有女性應該都會這樣說，即使如此，我還是想要再次強調）。我覺得是無上的幸福，同時也是無可取代的體驗。

每當女性想要跟男性傳達分娩的痛苦時，往往都會聽到「就像從鼻孔裡擠出西瓜一樣」之類的說法（笑）；若是真的讓男性親身體驗分娩的痛苦，多的是直呼想死的人。

分娩的確就是如此痛徹心扉的一件事，然而，孩子出生之後的幸福感，卻可以讓人忘卻那份疼痛，這也確實是真的。很不可思議吧。

說實在的，如果我沒有從事女演員這份工作的話，真的很有可能會為了再次體驗那一瞬間的疼痛感覺，或是再次回味那種幸福感，進而變成一個大家族的媽媽。我真的覺得自己說不定會生很多小孩，多到可以組成棒球隊的程度（笑）。

前幾天，我在 line 上收到一則訊息，那是次男班上同學的媽媽發來的，上頭寫道「第三個孩子已經平安出生囉！」看著剛出生的新生兒，以及天真可愛的哥哥一起入鏡的照片，我忍不住開心地抱住身旁的女兒。

「媽媽，妳在幹麼啦～」女兒露出了燦爛的笑容。一想到女兒出生時的情景，以及如今健康長大的樣子，眼淚都快流下來。

搞不清楚狀況的女兒，一邊笑著一邊化身小小的母親，摸著我的頭說道：「寶貝乖乖，沒事沒事～」

小小生命的誕生，為什麼會讓人如此開心呢？

為什麼會讓人感到如此幸福呢？

問題的答案，或許就在鄂蘭的這句名言之中。

希望每一個誕生在這世界的人，都可以為這個世界帶來幸福與快樂，並且引導世界走向和平。

47

自己親手創造的幸福，是絕對騙不了人的。

——阿蘭

家人就是我的幸福

最近我經常會思考「幸福的定義是什麼？」「對我來說，幸福又是什麼呢？」

可能是因為年紀的關係吧，或者是新冠疫情所造成的……也有可能是因為我最喜歡的外婆目前正在住院治療。不知道確切原因是什麼，總之我在清晨起床後，走在仍舊灰灰暗暗的樓梯上時；或是夜晚在昏暗的照明下，一邊確認自己的行程，一邊整理學校傳來的訊息時；以及送孩子去上課之後，回程望向天空時……我都會思考著「幸福」相關的事情。

跟家人相處時，我經常能感受到幸福，光是孩子們圍著桌子坐下來一起吃飯，就讓我覺得好幸福。另外，當大家狼吞虎嚥地吃著我親手做的菜餚時，看到他們臉上的表情就會讓我感覺好幸福；吃飽之後，孩子們會一邊說著「我吃飽了」，一邊將各自的餐具拿去廚房，看著他們的背影，發現他們一天比一天更高了，同樣也會讓我幸福到難以言喻。

像這樣的日常小確幸，是怎麼樣也寫不完的（笑）。
這些事情或許平凡無奇，或許極為日常，但對我來說卻是實實在在的「幸福」。
稍微回頭想想，就會發現我的「幸福時光」有超過一大半都是跟家人一起度過的。
相對來說，思考著「幸福到底是什麼……」之類的問題時，大多都是獨處的狀態。
而且，獨處時的我，要不是疲憊不堪，要不就是被時間追著跑。此時我心裡的想法就是：「難道我這一生都必須像這樣不停工作嗎？」「為什麼我非得如此拚命不可呢？」
看吧，真的很累（苦笑）。
人在疲倦的時候，往往都會冒出許多不滿或質疑，但讓我迄今為止努力不懈的理由我非常清楚，無須思考也無須煩惱。當然是因為家人啊！反正我這一輩子是不是會不停工作下去，並不是現在就得馬上得出結論的問題（笑）。
稍微有點聊偏了，反正我的幸福就等於家人，如此一來，阿蘭的名言就立刻擄獲我心。

因為「家人」毫無疑問就是我自己「親手創造的幸福」，而且，家人是一定不會背叛我的。這份幸福，是絕對不會騙我的。

第五章　人生就是走在偶然與必然之間

什麼是不幸？

48

如果這個世界上沒有不幸的事情發生，那麼我們應該會相信自己就在天堂吧。

——西蒙・韋伊

接受不幸

小時候，我曾經認為不幸、unlucky，還有那些負面的事情，在人生路上沒有存在的必要。到了高中時期，我更是認真地認為「我會做的事情全都可以毫不費力地完成」；比起傷心流淚，不如笑看一切；如果快樂的事情可以接續發生，那麼不僅是我自己，就連周遭的朋友也都會不斷進步，並且成為一個絕對正面積極的人吧。

二十歲左右的我，認為「讓可愛的孩子出門去接受磨難吧」、「辛苦絕對不會白費」之類的格言，都是那些煩人的大人想出來的。

然而，現在我長大了，才真正了解到過往的痛苦與辛酸，以及導致我傷心難過到停不下來的那些經歷，無論是不幸也好、痛苦也罷，真的讓我成長了多少，且讓我養成了從他人的角度看待事物的思維與觀點。

在高牆的遮擋之下，讓人看不到結果的時候，或是壞運與不幸讓人動彈不得的時候，以及震撼的事件降臨，導致我無法相信任何人的時候，捲入漩渦之中的我，無法看清事態。

不管是周遭的狀況，或是自己身處的位置，全都看不清，就連要來幫忙的人也看不清。

不過，沒有不會天亮的黑夜。「冬天來了之後，春天也就不遠了。」

那個歷經過苦難時期的你，一定變得更強大了，並且視野也更加開闊了。

不幸絕不會白費。

辛苦的過程對人生來說真的很重要，會讓天堂變得更加幸福。

未來一定有一天，能夠感受到生命的本質。

面對不幸，打敗不幸，接受不幸。

49

什麼是死亡？

人終有一死，但不是現在。

——馬丁·海德格

每個人都會死，所以不要留下遺憾

「如果我死掉了，妳會怎麼樣？」

兒子曾經這麼問過我。

「請不要死啊！媽媽我在工作的時候是沒有辦法立刻趕到你身邊的。所以也請不要發生事故或受重傷，畢竟在進行拍攝的時候沒辦法跑去找你。」

「可惡，在妳眼中工作竟然比孩子還重要。」

當然不可能如此。不過，當我開始投入女演員這份工作的那一刻起，就已經有了這樣的覺悟。不管我的家族成員發生任何事，好比說父母親去世了，我也絕對不能為了要趕到重要的人身邊而丟下攝影工作。

我的工作並不具有替代性，也就是沒有人可以在工作上取代我。再者，不管理由是什麼，一旦我沒有出現在拍攝現場，或是在現場直接停下拍攝工作，那麼包含工作人員、一起參與演出的演員，以及所有跟這部作品有關的人，大約會有幾百人的工作會因此而停頓。

進一步考量到這些工作夥伴的家人也會受到影響，瞬間就能了解到，因為我的停工而深受其害的人數絕對不只幾百人，而是更加嚴重。所以，無論如何我都要堅守這份工作的價值與責任。也正因為如此，我對於「絕對不逃避、絕對不無故離開」等原則，早已有所覺悟。

祖父去世的那一天，我正在攝影棚拍廣告。當時家人全部都聚在祖父身邊，就連我的兒子也在這樣的情況下與曾祖父見到了第一次面。

性格嚴厲但卻也相當溫柔的祖父，總是喜歡把「你這個蠢蛋」掛在嘴邊。在他去世的那一天，只有我沒能見到他最後一面。

為了拍攝廣告而露出燦爛笑容的我，在回家的車上忍不住嚎啕痛哭。負責開車的經紀人說了句「對不起」表達歉意。從一片漆黑的攝影棚前往祖父所在的醫院，一路上我完全無法停止抽泣，從出發開始到抵達為止，我唯一做的事就是哭。

我絕對不希望兒子比我更早離開這個世界，我希望自己身邊重要的人都不要死。

然而，人終究難逃一死。
所以才更要了無遺憾地活著。
時間是不會再回來的。
所以每一天都不能後悔。
讓珍貴的每個當下不斷串聯起來。

50

人是不完美的

沒有人是完美的，所以匯集各式各樣的意見絕對會有所幫助。

——約翰．史都華．彌爾

正是因為不完美，所以才能成為更優異、更強大的人

為了讓自己的思維變得更加自由、更加開放，就不能被各式各樣的意見所局限，在面對諸多見解時，哪怕參雜著難以接受的批評或反對的論調，都要盡可能理解及吸收。如果我也可以擁有「hop step and jump」的功力，也就是瞬間釐清他人意見，並且快速吸收轉化為自己的知識，那該有多好。

某位演員在ＩＧ上發表了負面的言論，於是我私訊問了詳情。簡單來說，「日本專業麻將聯盟」之類的團體，在日本非常盛行，許多玩競技麻將的高手都會加入。重點是，他們還會舉辦團隊互相對抗的國際型聯賽，Ｍ聯賽就是其中之一。基本上Ｍ聯賽是透過網路電視進行現場直播的，然而就在比賽結果出爐之後，湧入了許多批評與攻擊，甚至可以說是到了謾罵、詆毀的程度。

這位演員認為，由於比賽是採團隊對抗的形式，所以每個人對於其他成員或整支隊伍都必須負起責任，同時還要考量到粉絲們的想法。在這樣的前提下，即使遭到批評也必須誠心誠意地接受，總之就

是使出渾身解數創造出最好的比賽內容，除此之外別無他法。

他在比賽過程中一直處於劣勢，所以引來不少嚴厲的批評，一開始他感到非常不甘心，甚至數度氣到咬脣強忍，不過他說自己現在的心態已經轉變為感謝。透過自己打麻將的畫面，讓更多人對M聯賽產生了興趣，先不管比賽內容如何，因為有了那些群眾的激烈反應，所以才能讓賽事整體的聲量為之提升。仔細一看，就連為他加油的人也變多了。

現代人的生活一整天都脫離不了社群軟體，包含像是BLOG、IG、TWITTER、FACEBOOK、LINE、VIBER等等。

由於在網路上發表「意見」時，看不到對方的表情，所以任何人都可能會被不認識的人所提供的意見影響或刺傷。但是，如果可以將那些「意見」都視為「有益的建言」……

我們每個人都是不完美的，所以才會想要往更好的方向前進，讓自己變得更優異、更強大。

而且這麼一來，心情可能也會變得開心許多吧。

51

要成為一個超人，需要的並非超越的感覺，而是堅持到底。

——弗里德里希・尼采

全力以赴、堅持到底

堅持就是力量。積沙也能成塔、滴水也能穿石。

日本人的國民性格，就是非常善於穩定地將重複性或細微的小事做到最好，對於周到且敏銳的我們來說，應該很能接受堅持到底的觀念。

「從小處著眼，不斷重複去做。」

西川清也曾說過這樣的話，所以的確是如此吧。

不過可惜的是，我自己本人在「穩健」，或是「踏實」、「堅實」等方面……真的，不怎麼擅長。若是要我抱持著「發揮毅力」、「耐心堅持」的精神，長期待在同一個地方，持續做同一件事，我想我沒有信心能夠做到。

因此，比起縫紉來說，我更喜歡烹調料理；以馬拉松賽跑而言的話，我則更喜歡短距離的衝刺（苦笑）。

如果要在我的人生路上，找出一個「將堅持化為力量」的例子，那麼我想肯定就是女演員這份工作了。畢竟我從事了二十五年的演藝工作。

上幼兒園的時候，午休時間大家都在睡覺，只有我獨自一人偷偷地待在庭院裡捏泥球，然而就是打從那時候起，我的夢想就是成為女演員。升上小學低年級之後，儘管我日常是一個會把書包忘在路邊就跑去上學的孩子，但就因為父親告訴我：「爸爸會讓妳進演藝圈的！」從此之後我就認定自己會進入演藝圈，對此深信不疑。

小學高年級時，我到高知在地的私立中學（中高完全中學）參加入學考試，並且開始認真思考未來發展的具體對策。這時候的我，已經了解到父親所說的話，單純只是出於對女兒的疼愛，總而言之，就是在畫大餅（笑）。因此，我認為自己的未來應該要靠自己打拚，於是我甚至還拜託住在都會區的親戚，「近期請讓我借住。」

私立中學的入學考試沒能通過，夢想著穿上高級又可愛的制服，終究幻滅了。接著，我升上公立中學，開始了騎腳踏車風雨無阻努力通勤上課的日子。不過，在那段日子裡，我還是會在鄉下的小小書店捧著流行雜誌，從頭到尾仔細閱讀。

可能是這份熱情感動了上天，又或者是幸運降臨在我身上，總之在十四歲的時候，我通過了試鏡。然後，我就這麼獲得了大獎，朝著夢想一路挺進。

小學時的心願成真了，我住進了叔父叔母的家，一邊到高中上課，一邊從事演藝活動。不管我每天為了工作得要多早起，叔母都會為我準備暖呼呼的味噌湯。享用了愛心味噌湯之後，我就會搭上橫須賀線電車展開通勤，並在車廂內昏睡一番。睡眼惺忪地趕著上學的路上，好幾次都被狗仔隊拍到我一手拿著單字課本，一手揉著眼睛的模樣。

上大學後，去上課變成一件相當困難的事情，因為總是會引起不小的騷動（真的對學校內的所有人員，以及教授、老師們感到很抱歉）。然而，我非常堅持要把學業及工作都顧好，所以無論是戲劇的拍攝、電影的演出、音樂活動的參與，以及電視節目取材、廣告錄製、拍寫真集等，我全都拚了命做到最好。

幾位高中時期所結交的閨密，對現在的我來說仍是相當重要；大學時期也認識了一輩子的好朋友。在四個同樣攻讀了教育學程的好朋友之中，只有我沒有成為老師。還有就是去馬爾地夫的畢業旅行，雖然我沒能畢業，但還是跟著去了（苦笑）。

我想說的是，無論發生什麼事、無論什麼時候，我都一直堅持要當一個稱職的女演員。

由於非常討厭新聞媒體及狗仔隊，且應付週刊雜誌的記者，或參與 Wide Show 的演出，對我來說都是相當困難的事情，所以我真的曾經想要放棄這份工作。

當時的經紀人（現在的公司社長）就因此跟我針鋒相對，兩人吵了無數次的架。我知道經紀人聽了我很多驕傲自大的話，也徒增了不少困擾。不過，無論發生什麼事、無論什麼時候，我們仍舊把演戲視為第一優先，共同思考如何讓作品更好，同時我們也都非常喜歡拍攝現場，就這麼一起努力把這份工作做到了現在。

我想，這不僅僅是「持續」，而是到了「堅持」的地步。

雖然我覺得這些經歷要轉化成真正的力量，或是要讓自己成為更加幹練的「超人」，對我來說都還有很長的路要走，不過只要秉持初衷，或許終究能夠抵達。

話說回來，我這一路的「堅持」確實是非常有意義的。當然這個過程可能稱不上非常穩健、非常踏實，不過我想我確實可以抬頭挺胸地肯定自己拚命全力衝刺的態度。

堅持到底的毅力，造就了今天的我。

人生就是每一分每一秒堅持努力所累積而來。

存在的意義

52

人生就是一場沒有盡頭的鬼抓人遊戲。

——羅莎・盧森堡

生命的輕與重

《生命中不能承受之輕》是我很喜歡的一部電影作品。

電影講述的是一對男女在布拉格充滿悲劇的政治環境下發展出來的愛情故事，包含苦惱萬分的戀人百景，以及不可思議的三角關係。原作是米蘭·昆德拉以一九六八年的「布拉格之春」（捷克的民主化運動）為題材撰寫而成的戀愛小說，書中主角是從捷克逃往法國。

扮演女主角特瑞莎的茱麗葉·畢諾許看起來好年輕，臉頰上的一陣陣緋紅讓人彷彿能夠感受到她的體溫，我非常喜歡她的演技，劇中有一幕是特瑞莎躺在床上熟睡著，一隻手緊緊握住托馬斯的手，於是托馬斯拿了一本索福克勒斯的著作《伊底帕斯王》來取代自己的手，我太喜歡這一段了，因此直到現在都還忘不了。

「時光好像倒流了呀。」（摘自日本搞笑團體 PEKOPA ぺこぱ的作品。）

《生命中不能承受之輕》的原著小說開頭寫道：

如果生命的每一秒鐘都得重複無數次，我們就會像耶穌基督釘在十字架上那樣，被釘在永恆之上。這概念很殘酷。在永劫回歸的世界裡，每一個動作都負荷著讓人不能承受的重責大任。

——《生命中不能承受之輕》，米蘭・昆德拉著，集英社文庫出版

這正是為什麼尼采會說，永劫回歸的概念是最沉重的負擔（das Schwerste Gewicht）。

然而在另一頁卻寫道：

每個人都只能活一次，所以沒有辦法跟之前的人生做比較，也沒有辦法為往後的人生做出修正調整。如果有什麼想要達成的目標，除了賭一賭之外別無他法。

——摘錄自前書

對比前文所闡述的人生意義與個人存在都輕如鴻毛的思維，後面那一段卻展現出任何事情都只有一次機會，也就是一期一會的概念。書中提及的捷克革命運動非常沉重，但卻讓個人存在之輕給沖淡

了，男女關係的負擔，不可承受之輕的真正含意（若真要完整說明會變得很冗長），無論從哪一個觀點來看，都非常適用於羅莎・盧森堡的這句名言，真是不可思議。

我想應該是這句話跟尼采的思維一樣，都是用宇宙循環運動來形容人生，如果將「我」這個存在特別抽出來看的話，那麼對於永劫回歸這個大題目應該就會有截然不同的印象。

以第一人稱的「我」做為主角，去闡述每個人都擁有的「人生」，這麼想來，盧森堡的這句名言還真的有點女性主義的味道。

「人生」與「我」，正在玩鬼抓人的遊戲。

那麼，誰會先被追到呢？不，應該沒有在比賽吧。畢竟這是「沒有盡頭」的一件事。

人生啊、現實生活啊、個人啊、存在啊，無論是重還是輕，都會是永無止境的鬼抓人。

能夠走到多遠，端看個人決定。

53

關於憤怒

感覺自己遭到輕蔑的時候，是最容易讓人生氣的了。
也因此，自信豐沛之人幾乎都不會發怒。

——三木清

大人們的情緒管理

當某個人在你面前大發雷霆的時候，你會有什麼感覺？心中會有什麼樣的想法？當然，你的感覺會被雙方的關係、距離疏遠與否、關係狀況等因素所影響，總之，你的想法會是什麼呢？

我應該會覺得「這個人是怎麼了？是不是太累了啊？」

有的人會隔著車窗怒斥他人；有些人會對便利商店的店員大聲抱怨；有些人則是會在喝醉之後，跟路旁的行人吵架。

雖然說一樣米養百種人，但為什麼非得如此易怒不可呢？為什麼會無法克制情緒呢？我想一定是因為「寬容的餘裕已經消耗殆盡」的關係。

也就是沒有足夠的餘裕可以認同對方的見解、允許對方的行為。

小孩子在睏意來襲的時候，情緒會變得很糟，肚子空空的時候也一樣。這時候，他們要不就是無理取鬧、哭哭啼啼，要不就是毛躁焦慮，或是把氣出在身邊的東西上，為人父母的，應該都很清楚孩子們這麼做的原因，所以想必不會大聲斥責或因此發怒吧？

畢竟這對孩子們來說是自然的反應。

孩子們年紀還小，所以很難戰勝睏意及飢餓。雖然紀律很重要，但對大人們來說，更重要的應該是照顧好孩子的生活規律及身體狀況。

當然，這話只適用在孩子身上。

那麼，如果是大人的話，情況又會變得如何呢？

「因為我忙到連吃東西的時間都沒有，所以才會這麼生氣」、「繁重的工作導致我睡眠不足，所以才會這麼暴躁」，諸如此類的說法恐怕很難讓人接受。

不管發生什麼狀況、不管理由多充足，每個人都還是要做好情緒管理，畢竟都是大人了嘛。

在自己「失控」之前，好好地幫自己懸崖勒馬吧。

「憤怒」的情緒基本上含有「不安」、「害怕」、「丟臉」、「孤單」、「悲傷」、「氣餒」等不同元素，所以每當自己感受到怒氣，可以先觀察一下這股憤怒從何而來。當怒氣湧上時，先試著忍耐六秒鐘，據說憤怒的高峰值差不多就是會落在六秒左右的時間點。

遭到輕蔑會讓人感到生氣，但對一個充滿自信的人來說，影響就不會那麼大，或許可以輕鬆看待。

不過，每個人都有「喜怒哀樂」，這是理所當然的事情。畢竟，我們都是人嘛（by 相田光男，笑）。

希望我們都養成控制自身怒氣的性格，並且也能保有體諒他人怒氣的寬容。

54

每個人身上似乎都有同樣的謎團，
無論是對他人來說，或是對我們自己來說。
因此我決定好好研究自己。

——索倫・奧貝・齊克果

人會隨著年齡起變化

各位有聽過「中年危機」嗎？

點出這個概念的是著名的心理學家卡爾・榮格，他是一位精神科醫師，為後世的心理學研究奠定了基礎。

「在人生的前半段不曾遇到過的煩惱或問題開始浮現了，導致自我認同出現動搖。」這個現象就是所謂的中年危機。不過，我覺得「中年危機」並不見得會發生在每個人身上，肯定還是會因人而異吧（榮格倒是認為每個人在三十二歲到三十八歲之間，一定會發生影響深遠的變化）。

過往認為具有價值的事物，突然之間失去了價值；過往對於工作或生活的高度關注，如今也煙消雲散，這些狀況也差不多該發生在我身上了嗎？凡此種種，榮格稱之為「生命轉折點」，不過由於現代人的平均壽命已經往後延長了，所以如果將轉折點調整到四十歲前後的話，那麼我想，齊貝果所說的「謎團」，想必會在我後續的人生路上變得更加難以捉摸吧。

榮格以「人生的正中午」來形容中年期，不可否認地，此時會面臨體力下降、記憶力衰退、肌膚乾燥等狀況。

這樣的「轉機」之所以會來訪，就是因為年齡增長的關係，就跟身體的變化與成長帶來叛逆期是一樣的道理，從這個角度來看就比較容易接受了。

「人」是會隨著年齡而產生變化的。

不管是遇到了不同的人，或是累積了不同的經驗，總之直到死亡降臨之前，我們都會不斷地改變，所以說，人生在世真的很有趣，正因為像謎團一樣，所以才會這麼有趣。

在往後的日子裡，倘若中年危機（Midlife Crisis）真的找上我了，我也會越挫越勇、堅持到底！並且好好地研究我自己。

55

期待與確信

你一定想要得到比預期更高的結果吧，若是如此，請務必打從心底確信。我指的是趨近於驕傲自大的確信，認定自己的目標一定能達成。若是能夠做到這個程度，那麼你心中的目標一定會實現。

——赫曼・赫塞

目標一定會實現

我打從小時候開始，就深信「願望一定會實現」，並且一路都是在這樣的信念下長大的。

而且，我的願望往往真的會實現。

成功的祕訣就在於實踐力及自我肯定感。想要成為什麼樣的人、想要完成什麼樣的事，無論是什麼夢想或目標，都要清楚定下來，接著便全神貫注朝著目標努力打拚，如此一來執行策略也會隨之成形。讓夢想成為現實的那條道路，自然能靠自己的雙手打造出來。這就是我的主張。

話雖如此，但為了避免有人覺得「說得太理想化了，含糊不清根本搞不懂」，所以在此舉一個具體的例子。

假設你希望自己可以在十四秒內跑完一百公尺……

那麼，該從哪個地方開始呢？當然就是先測量自己現在的速度。然後該做什麼？為了要讓自己跑得更快，就必須要先確認自己的跑步姿勢，可以藉由影片記錄的方式，了解自己的跑步特徵。

比方說，發現自己的重心有往前的傾向，就能進一步了解到自己的腰部及背部核心力量不足。知道原因之後，就要開始訓練強化核心、增強肌力，以便消除這個問題。

解決之後，就能看到下一個問題。

「接下來必須要提升腳力，那麼，就開始腿部訓練吧。」

「說不定是起跑做得不好？那就練習一下起跑。」

在強化身體素質的同時，技術方面的提升也會成為焦點，並開始著重技術的練習。

最後，肯定就是心理素質的鍛鍊，這是為了在真正上場時，不要敗在緊張與壓力。另外，「意象練習」（Image Training）也很重要。總而言之就是要清楚知道自己的身體狀況，以及當下的各項紀錄數據，並且經常跟自己對話。

藉著上述的具體行動，自己就能進化至能夠實現目標的狀態。

想要實現夢想或目標，就是要讓自己展開行動。過程中，你會充分感受到自己的「實踐力」，同時種種的「努力」也會讓「自我肯定感」油然而生。

解釋得有點長，不曉得大家看了之後有什麼感覺？

我認為這個機制可以稱得上是「魔法策略」，不僅可以用在運動項目上，就連讀書、藝術創作之類的文藝類也能通用，甚至我認為就連戀愛也有可能可以通用。更重要的是，只要有心，任何人都能用這個方法成功。

「實際力」就是夢想的力量；而「自我肯定感」則是喜歡自己、信任自己，並且相信自己未來一定會成功，也就是相信的力量。

如果能夠擁有這兩者，那麼人的可能性就會變得無限大。

沒有什麼「夢想」或「目標」是無法實現的。

就像赫曼・赫塞所說的，「打從心底確信，趨近於驕傲自大的確信」，這就是最重要的一件事。

開始描繪你的夢想吧，無須小看自己、無須過度悲觀、無須感到害怕，更無須覺得害羞。然後，設定目標，並且相信它會實現。

如此一來，就真的會實現。

我會為你加油的。

56

轉換心情，就會感到幸福。

——帕斯卡

不要太過煩惱，也不要想太多

我覺得自己一直都很懂得轉換心情。

比方說舉辦一個沒有任何主題的派對，準備滿滿的美食，把朋友都找過來，一整天慢慢地聊個夠。

在庭院擺一個充氣泳池，就可以聽到孩子們的歡笑聲響徹雲霄。

夏日的向日葵，綻放著宛如太陽般的黃色光芒，給了我滿滿的力量。

洗澡時，我偶爾會準備泡泡浴，或是讓蠟燭的燭光陪伴我，讓心情放鬆下來，並且安靜地回顧自己的一天。

第一次帶著女兒在家附近騎腳踏車，兩眼閃著光芒的女兒，一邊前進一邊回頭看著我。

雛米果（類似臺灣的爆米香）及女兒節的人偶。

鯉魚旗及菖蒲熱水澡（端午節當天，日本人會用菖蒲來泡澡）。

上完課之後，回家的路上看到天空被染成了粉橙色。

牽著兩兄妹小小的手。

爆米花彈跳的聲音。

到運動會現場去為激烈的比賽加油，流下了開心的淚水或不甘的淚水。

卸完妝之後在臉上敷著熱熱的毛巾。

母親節時收到兒子的訊息，上頭寫著「謝謝媽媽給了我十五年，五千五百零九天，十三萬兩千兩百一十六個小時」。

清晨煎荷包蛋及味噌湯的香氣。

鋪好剛洗好的床單之後，一家人一起躺上去的瞬間。

還有就是孩子們最棒、最幸福的睡臉，無論我有多疲憊、有多麼不順利、多麼失望，再辛苦也好、再想哭也罷，看到孩子的睡臉就能將一切都拋諸腦後。

不要太過煩惱，也不要想太多，轉換一下心情，感受生活中每一個小小的幸福，這就是我的幸福之道。

57

認同他人

必須要知道，每個人都有自己的人格，因此我們也要尊重他人的人格。

——黑格爾

數據無法體現出的個人尊嚴

人們往往會用數據來當作評判標準，例如像是學校考試的分數，或是工作上的績效等等，於是我們就開始了比較、分類，以及數值化。

這讓我想起了〈The Yellow Monkey〉的一首歌：

那個偉大的發明家，和那個窮凶極惡的罪犯，
每個人都曾是小孩，
一架飛機在國外墜毀，新聞主播卻開心地說：
「乘客之中沒有日本人。」
「沒有日本人。」
「沒有日本人。」
我該怎麼想才好？
我該說什麼才好？

——The Yellow Monkey「Jam」

我們都會用人種或性別來當作判斷基準，區分開來之後給予差別對待，但明明我們都是人，無論是誰、無論好人壞人，每個人實際上都擁有獨立的人格。

二〇〇一年九月十一日，當我看到美國同一時間發生多起恐怖攻擊的新聞時，眼淚就開始流個不停。

真的覺得很震驚、很可怕，也很哀傷。這麼恐怖的事情在這一瞬間居然真的發生了，不是電影，也不是動畫，是真的發生在現實生活中，我難以相信。

那天我正好跟一位好朋友兩個人一起到北海道旅行，在發出鼾聲陷入熟睡的她身旁，我用極小的音量觀看電視新聞報導的 LIVE 轉播畫面。事實上當時北海道也非常罕見地受到颱風襲擊，我們所在的 Kiroro 下著讓人完全看不清周遭景色的滂沱大雨。

一想到有多少人正處於恐怖的煉獄之中，多少家庭正陷入焦慮不安，多少眼淚正在泛流，我就難過到難以入眠。

如果每個人都能夠尊重其他人的人格，那麼我想這樣的悲劇就不會發生了。

人類社會有各式各樣的問題，包含歷史、宗教、政治等等。所以我並不會狂妄自大地認為：「能有多難！這世界就由我來改變吧！」

不過我真的認為，只要別再繼續把數字套用在別人身上，別再把人當成是物品；尊重他人的人格，清楚了解身旁的所有人也都跟自己一樣，那麼，我相信令人悲傷難過的新聞就能減少許多。

重視每一個人的特質與性格，給予關愛，同時也用心觀察他們的有趣之處，我想就可以學會尊重了。如此一來就可以在他人痛苦萬分的時候感同身受，或是在他人感受到幸福的時候，同樣感受到快樂。

這麼好的事情若能真正落實，變成理想中的世界，那麼恐怕攻擊或戰爭之類的事情就不會發生了。

58

在這個世界上，良知被分配得最為公平。

——笛卡兒

必須付出更多心力、勞力、注意力及努力的時候

判斷對錯、真偽的能力，一般稱之為良知或是理性，而這是生而平等的，每個人都具備的能力。

——笛卡兒《方法論》岩波文庫出版

根據帕斯卡的說法，理性思維是用科學及客觀的角度來建立彼此的關係，而良知則偏向日常生活中處理大小事情的能力。不管怎麼說，我都很高興能學習到笛卡兒這段話，真的很開心，甚至有「得救了」的感覺。

良知就是健全的判斷力，也就是能夠針對事物判斷，分辨出什麼是真、什麼是假的能力。如果說，良知真的是人類與生俱來、生而平等的，那麼這世界可就一片光明了。

現在全世界正因新冠疫情而陷入混亂，日本同樣採取了緊急事態宣言及蔓延防止等種種措施，在新聞媒體上，國民的不滿與政府的對策陷入了多日的激烈爭論，好不容易終於等到了疫苗，卻又因為預約

接種的問題而陷入膠著，艱困的旅程依舊持續著。在這個過程中，日本甚至還舉辦了沒有觀眾的奧運會。從二〇二〇年一月開始橫行的新冠疫情，究竟用什麼方式因應才是對的？如何處理才是最妥善的？截至二〇二一年七月（撰寫本文的當下），疫情尚未有收斂的跡象，完全退散的那一天更是感覺遙遙無期。

過去一年半的時間裡，人們就在自我管理及隔離的狀態下度過。當病毒在全世界大流行的時候，我們應該做些什麼？我們可以做些什麼？

我想，這兩個問題應該每個人都曾自問自答過吧，而我的答案就是「做自己可以做到的事情」。就跟以前一樣，到拍攝現場拿出最真誠的心專注表演，全心全力投入在工作上。

並且，也跟從前一樣，守護著家人、守護著孩子們。

在工作現場，我大多都戴著面罩（工作人員戴口罩，演出人員則戴面罩），當然每天的體溫量測及消毒是少不了的。吃飯的時候，我們都會間隔著坐，並且盡量避免面對面，也盡量不聊天對話。最重要的是，拍攝新作品時，我們都會先做ＰＣＲ檢測，並提出陰性證明。

孩子們的幼稚園、小學，以及留學的學校等，都採取了各式各樣的措施。好比說幼稚園就有分批到校、校內全面戴口罩、每天提出健康調查表等做法。

小學的部分則是會在疫情擴大導致停課時，藉著 ZOOM 來開朝會，以及實行遠距教學。另外，家長會暫時停止召開，委員會則用 ZOOM 開辦。下課之後，老師們也會徹底地幫學生們用過的枕頭或椅子進行全面消毒。

至於美國高中的部分，由於長男在回國期間曾經接觸過感染者，所以學校也進行了全面的清潔與消毒。我所能夠做的，就是將留學生的保險買到最大，以及隨時關注 COVID Tracking Project（COVID 追蹤計畫）網站上的感染者人數及感染狀況。

雖然嘴上說「就跟以前一樣」，但事實上不一樣的地方可多了。

但是，為了要好好守護家人，讓一切可以如過往一般運轉，此時此刻就是必須付出更多心力、勞力、注意力及努力的時候。

發自內心地期望我們與生俱來的良知，可以幫助我們為這場大流行畫下休止符，並且讓人們臉上都能再次掛上笑臉。

根據經驗而來的判斷力

59

年紀太輕的話，無法做出正確的判斷；反之，年紀太大的話，也是如此。

——帕斯卡

活了多少年，還不如經歷了多少事

吾十有五而志於學，
三十而立，
四十而不惑，
五十而知天命，
六十而耳順，
七十而從心所欲，不踰矩。

孔子的金玉良言與帕斯卡的想法，兩者之間似乎有些落差。不過，對我來說，這句論語的名言我非常喜歡，而帕斯卡用年齡來分析判斷力的說法，我也能夠接受。

雖然我自己已經是「四十而不惑」的年紀，但事實上還是對很多事情感到迷惘。當然，年齡的大小與個人的成熟度並不一定成正比，而且每個人的情況都有所不同，因此沒有道理大家一樣。說實在的，我並不怎麼在意人們的實際年齡，對於我自己的年齡也是如此。

由於日文的語法中是有敬語的，所以前輩晚輩、長幼有序之類的觀念非常根深柢固，而且又與人際往來的禮節有很深的關聯性，導致剛認識時往往都會想要知道對方的年紀，甚至會主動詢問。

然而事實上，人在長大之後幾乎就對年齡沒有太大興趣了（笑）。畢竟，人的魅力與價值並不是來自「在這個世界上活了多少年」，而是來自「為了生活經歷了哪些事情」、「如何生存在這個世界上」。

儘管年輕人的確可能會因為知識或經驗值不足，導致「無法做出正確的判斷」，也就是做出錯誤判斷的可能性偏高。關於這一點我非常清楚，想當然耳，我在年輕的時候也曾因為判斷錯誤而嘗到失敗滋味，就跟絕大多數的人一樣。

「反之，年紀太大的話，也是如此。」這一點我就只能靠想像了，因為對我來說這屬於未知的領域。我想，這有沒有可能是肉體上及健康上的風險，對精神方面的判斷力造成了影響呢？

最前面所提到的孔子名言，假設有「八十如何如何」的話，孔子會填入什麼樣的字眼呢？

60

偶然與人生

偶然這件事，對人生所造成的影響，比我們所想像的還要深遠。

——黑柳徹子

涼子，這就是人生啊！

我的人生截至目前為止只有過一次 home stay（寄宿家庭）的經驗，那就是在二十歲的冬天，我去法國巴黎住了一個禮拜。

寄宿家庭的窗外，是一整片的皚皚白雪，馬路及車子都被畫上了美麗的雪地妝，那是生長在南國土佐的我從未見過的光景。

接待我的那個寄宿家庭，home 媽是前 VOGUE 總編輯，整個人時尚、幹練又美麗，而且想法很積極，總是給我開朗正向的建議。睡不著的夜晚，她會幫我沖一杯甘菊茶；出門前猶豫要帶哪一個包包，她也會站在鏡子前跟我一起挑選。

我將細皮帶的手拿包及單肩包一起背在胸前交叉，並詢問道：「哪一個比較好呢？」結果 home 媽露出無比燦爛的笑容回答：

「覺得猶豫的話，不如就兩個一起帶啊。」

另一方面，home 爸則是非常紳士且沉默寡言的人。不過，每當我有法國歷史相關的問題，或想了解單字的語源，他都會緩慢且仔細地指導我。

當時，我為了看懂電影腳本，所以必須學習法文，因此特別將日本國內堆積成山的工作與行程做了調整，好不容易才促成了這次的home stay時光。

沒想到，這讓我獲得了無比自由的三十天，人生中第一次體會到二十四小時完全屬於我的感覺。我擁有一整個月，而唯一的任務就是將法文拼音（發音）學好，如此而已。

每天下午四點到七點，我都會準時向家教老師學習發音，「r」的發音太困難了，搞得我聲音都沙啞了起來。我每天都會用耳機聆聽腳本裡的臺詞，就連洗澡或上廁所，也幾乎都在練習法文臺詞。結果，還不到一個月，我就已經進入了連作夢也在說法文的狀態（我並不知道自己在夢裡說了些什麼，總之夢裡全都是法國人，苦笑）。

屋外下著大雪，再加上我每天都得花相當長的時間在學習課程，所以導致我一個月內只出門幾次而已。即使如此，這段時間對我來說仍是最難忘的回憶。

一轉眼，就到了必須跟home stay說再見的時刻，因為後續我將住進飯店，準備迎接接下來的拍攝工作。在home爸溫暖的陪伴下，我與home媽熱情擁抱。然後就出現了與想像相符的畫面，也就是淚眼婆娑的道別，簡直就像在拍《旅人日誌》（世界ウルルン滞在記）似的。

home stay結束之後，我一個人住進了巴黎飯店的小小房間裡。這裡算得上是相當舒適，一來是房間裡有一個圓形的浴室，再者是從窗戶看出去就可以看到閃閃發亮的艾菲爾鐵塔，正散發著濃厚的聖誕氣息，另外，花店及巧克力專賣店也近在咫尺，所以真的沒有什麼好抱怨的。

不過，不知道為什麼，住在飯店房間的前幾天，我好幾次想起home媽，真的完全忘不了。我一直想著，如果能再多跟她說幾句道謝的話就好了，如果有把我在日本的住址給她就好了……還在巴黎的這段時間裡，如果還有機會能再跟她見一面的話就好了。

幾天後，懷著後悔的心情，我到了一間美容院，目的是將髮色染成電影角色所需的顏色。

沒想到，這次染髮持續了三天。

第一天，我染的是覆盆子的顏色，但由於紅得太過搶眼了，盧貝松導演認為與劇中角色給人的印象並不相符（此時電影拍攝的總指揮由他擔網），所以NG。

第二天，我的頭髮變成了橙色，這次則是太黃了，自然光一照，顏色就會被吃掉，所以盧貝松還是覺得不行。

第三天，真的就這樣染了第三次。不知道是連著幾天聞著染髮時的味道，感覺太難受了，還是染髮劑帶來的刺激太強烈，總之當時我跑到廁所吐了好幾回，幸好辛苦的付出還是有了回報，第三次染髮終於成功了，也得到盧貝松的認可。新髮色能跟他的想法契合，理應是一件令人開心的事情，然而我卻帶著疲憊不堪、氣力放盡的感覺走出了美容院。

就在這時候……

home stay 時的 home 媽就站在我眼前。

一位正要走進美容院的美麗婦女，居然就是我這幾天心心念念的 home 媽！

既驚又喜的我，不假思索地撲向 home 媽並一把抱住，連續染髮三天導致身心俱疲的我，瞬間淚流不止。

home 媽溫柔地抱住我，有一股味道從她的身上不斷飄過來，那就是家的香味（當妮 Downy 洗衣劑的味道），真的不知道該如何形容，總之就是讓我的心情完全平靜下來的香味。

放開我的身體之後，home 媽看著我的眼睛並笑了起來，這時她說的一句話，我永遠都忘不了。

「Ryoko, C'est la vie！（涼子，這就是人生）」

後記

首先，要感謝所有看完這本書的讀者。

這是我人生中第一次執筆撰寫的書，我比自己所想像的還要喜歡，撰稿過程的辛苦令人難忘，所以我真的覺得這本書就像是我的孩子一樣。光是想像著這本書會在人們的手中變得溫熱，以及讀者們翻閱書頁的畫面，就讓我莫名感動，也充滿感慨。

真的非常感謝讀者們買下這本書、珍惜這本書，並且好好地看完這本書。

接著，要感謝從頭到尾一直支持著「作者廣末涼子」的田村小姐，不僅給了我這次機會，還提供許多撰稿相關的建議，並且每一篇文章她都會藉著觀察入微的感想來鼓勵我、讚美我；另外，忍著手腕的疼痛，一直努力陪伴我到最後的大野小姐也付出很多，連我寫稿時的癖好，或是想要使用的漢字，她都會幫忙照看，還會協助我一起反覆琢磨、精益求精；鳶小姐則是在選擇哲學家的名言方面幫了大忙，除了我家的書櫃之外，她還參考了非常多其他的書籍，然後從不同的角度去審視所有的名言佳句，並提供給我參考。她們幾位是我最重要的「哲學名言夥伴」，真心感謝她們。

基本上，當初在洽談出版計畫時，對於這本書最終會變成什麼模樣，其實我們都不會太意外，也就是說，這是一個自由度非常高的企劃。所以這本書原本很有可能會走「時尚的生活風格」，或是變成「廣末食譜大公開」的料理相關書籍，甚至也有可能是一本「令人意想不到的爆料書」。

說真的，爆料相關的主題對於銷售量來說，應該是最佳選擇（笑），不過，考量到我最好寫，而且在撰稿時最容易將感情灌注進去的內容，最後決定以我最喜歡的「哲學家名言」做為主軸，藉以開展各式各樣的故事。在名言佳句的選擇方面，團隊夥伴提供我不少協助，然而最終的選擇基準則完全來自於我的獨斷獨行。唯有能讓我在生活中產生共感，或是給了我滿滿元氣的名言，才能夠入選。再者，如果範圍局限在「哲學家」的話，可能會對時代背景或男女價值觀帶來極大影響，因此後來名言的來源還陸陸續續加入了「我所敬佩的女性」。

對於一個初入文壇的作者來說，這本書的內容究竟會如何被解讀？對讀者來說，它又會是怎麼樣的一本書？種種問題我都難以想像，因此，事實上我是有些不安的……但能夠走到這一步已經很棒了！所以結論真的除了感謝，還是感謝（笑）。

最後，要謝謝我的先生，當我以女演員的身分努力打拚時，他一直支持著我；當我以媽媽的身分辛苦奮鬥時，他也一直守護著我；而做為妻子，我還遠遠不及格，但他仍舊深深愛著我。當然還有我的孩子們，讓我能夠活力滿滿，並且也給了我療癒的力量。在此獻上我最大的愛與感謝。

広末涼子

本著提及名人錄（按出版順序）

弗里德里希・尼采

一八四四－一九〇〇年，家裡的長男，父親為普魯士的牧師。在波昂及萊比錫大學研究古典文學後，前往巴賽爾大學擔任教授。以徹底懷疑及批評基督教為起點，發出「上帝已死」的宣言，並提出永劫回歸的哲學思想。

勒內・笛卡兒

一五九六－一六五〇年，生於法國都蘭，在隸屬於耶穌會的拉弗萊什大學研讀哲學及數學；緊接著進入普瓦捷大學學習法律及醫學。一六二八年移居至荷蘭。以《方法論》等著作為現代哲學打下基礎。

阿蘭

一八六八－一九五一年，生於法國諾曼第地區的莫爾塔涅歐佩什，本名為埃米爾・奧古斯特・沙爾捷。自高等師範學院畢業之後，不僅成為了哲學老師，更以「阿蘭」為筆名，廣泛地發表作品於報紙、雜誌的專欄，可說是相當活躍。

泰勒斯

西元前六二四－西元前五四六之間，古希臘的哲學家，是古希臘七賢之一，伊奧尼亞（米利都）學派創始人，也被稱之為哲學之父。他認為萬物的根源是「水」。此外，他在數學領域也以發現許多定理而聞名於世。

卡爾・雅斯佩斯

一八八三－一九六九年，出生於德國北部的歐登堡，是德國存在主義的倡導者，曾於海德堡大學擔任哲學教授。納粹德國要求他與猶太籍的妻子離婚，但他予以拒絕，所以遭到大學驅逐。

保羅・瓦勒里

一八七一－一九四五年，出生於法國埃羅省，年輕時即開始寫詩，是法國極具代表性的詩人、評論家、思想家。一九二五年獲選為法蘭西學術院院士。記錄了他畢生思想的「筆記本」計有三萬頁之多。

亞里斯多德

西元前三八四－西元前三二二年，柏拉圖

的學生，師徒並列為古希臘最著名的哲學家。他是亞歷山大大帝年輕時的老師（家庭教師），曾於古雅典郊外的成立呂刻昂學院，並在此專注投入研究。

維克多・弗蘭克

一九〇五—一九九七年，出生於維也納。在維也納大學就讀時，曾向阿德勒及佛洛伊德學習。第二次世界大戰結束後，他將自己遭納粹強制收押至集中營的體驗，寫成《夜與霧》一書，迄今仍在世界各地暢銷熱賣。

羅莎・盧森堡

一八七〇左右—一九一九年，出生於俄羅斯占領下的波蘭。由於加入社會主義運動的關係，十八歲便流亡至瑞士。取得大學學位後，她移居到德國柏林，並專注於政治及文藝相關活動。一九一九年，在柏林因革命運動而一片混亂時，遭反抗軍虐殺而亡。

華特・班雅明

一八九二—一九四〇年，出生於柏林，在柏林大學及弗萊堡大學研讀哲學，由於論文遭到退件的關係，讓他無法取得大學教授資格，因而轉換跑道，一方面投稿給報章雜誌，另一方面也從事翻譯工作。納粹政權確立後，他流亡至巴黎，並在當地繼續投身研究。一九四九年，因為巴黎淪陷的關係，他有意逃往西班牙，然而最後卻在國境附近自殺身亡。

茱麗葉・畢諾許

一九六四年出生於法國巴黎，因演出知名導演尚盧・高達的作品《萬福瑪利亞》而受到矚目；之後更藉著菲利普・庫夫曼導演的作品《生命中不能承受之輕》紅到好萊塢。曾獲凱薩電影獎、威尼斯國際影展最佳女主角獎、坎城影展最佳女主角獎等殊榮。

桃井薰

出生於東京，曾於知名劇團「文學座」的研究所學習，並於一九七一年以市川崑導演的電影作品《To Love Again（愛ふたたび）》中正式出道。在勞勃・馬歇爾導演的《藝妓回憶錄》，以及亞歷山大・索科洛夫導演的《太陽》等多部海外電影作品參與演出。她不只是一位女演員，更曾執導《無花果之顏》（二〇〇七年）、《火ＨＥＥ》（二〇一六年）等電影。

歌德

一七四九－一八三二年，出生於法蘭克福，在萊比錫大學攻讀法律。發表小說作品《少年維特的煩惱》之後迅速走紅、躍上文壇，其後持續發表了非常多詩集及劇作。曾於威瑪公國擔任大臣、內務長官，以及宮廷劇場的導演等職務。

塞內卡

西元前四年左右至西元後六五年，古羅馬時期的斯多葛學派哲學家之一，因擔任羅馬皇帝尼祿的老師而聲名大噪；之後以執政官身分取得權勢，但卻被尼祿懷疑其有策動謀反之嫌，落得自殺下場。

德蕾莎修女

一九一〇－一九九七年，出生於北馬其頓的史高比耶城，中學畢業後，她進入愛爾蘭的洛雷托修會（修女為主），並被派遣至印度擔任老師。爾後，她創立了「仁愛傳教修女會」，並全力協助貧窮弱勢階級。一九七九年獲若貝爾和平獎殊榮。

路德維希・維根斯坦

一八八九－一九五一年，出生於維也納的猶太富豪家族。在弗雷格及羅素的影響下投入邏輯學的研究，並完成《邏輯哲學論》一書。找出哲學問題的解方之後，他前往偏遠村莊擔任小學老師，不久後因為發現了新的哲學課題，所以才又重新回到劍橋大學。晚年的思想彙整記錄在《哲學研究》一書中。

瑪麗亞・贊布拉諾

一九〇四－一九九一年，出生於西班牙的馬拉加，在馬德里大學跟隨荷塞・奧特加・加塞特學習哲學。為了躲避佛朗哥獨裁政權的壓迫，她展開了流亡海外的生活，先後輾轉到過墨西哥、古巴、義大利、法國等國家，並持續精進思想。佛朗哥將軍去世之之後，她於一九八四年回到故鄉。一九八八年榮獲米格爾・德塞凡提斯獎的肯定，是該獎項第一位女性得主。

樹木希林

一九四三—二〇一八年，出生於東京。在《是時候了》及《寺內貫太郎一家》等戲劇作品中，以精湛演技受到高度矚目。電影代表作包含《半告白》、《東京鐵塔：老媽和我，有時還有老爸》、《橫山家之味》、《惡人》、《我的母親手記》、《戀戀銅鑼燒》、《小偷家族》等。

伊曼努爾・康德

一七二四—一八〇四年，出生於東普魯士的柯尼斯堡，並在當地的大學主修神學及哲學。一七七〇年，他成為柯尼斯堡大學的教授，並曾擔任超過五個學期的教務長，主要傳授的課程有形上學、邏輯學、倫理學、自然地理、人類學等。

芙烈達・卡蘿

一九〇七—一九五四年，出生於墨西哥城近郊。一九二九年與墨西哥畫家迪亞哥・利弗拉結婚，過沒多久便離婚收場。她在自學繪畫之後，受到安德烈・布勒及馬塞爾・杜象的支持，前往美國及歐洲等地舉辦個展，獲得極大的好評。

埃里希・弗羅姆

一九〇〇—一九八〇年，出生於法蘭克福。在海德堡大學取得心理學的學位之後，進入法蘭克福社會觀察學會擔任講師。曾因遭到納粹的追捕而逃亡至美國，並以納粹勢力興起的社會心理分析為元素，寫成《逃避自由》一書，進而聞名於世。

西蒙・波娃

一九〇八—一九八六年，出生於法國巴黎的律師家庭。學生時期不顧家人反對，硬是進入索邦大學就讀哲學系，並在校園內與親密愛人沙特相遇。一九四九年，她發表了《第二性》一書，不僅大受矚目，更讓她成為女性主義運動的先驅。

佛蘭西絲・莎崗

一九三五—二〇〇四年，本名為弗朗索瓦絲・奎雷茲，出生於法國洛特省的卡雅爾市。十九歲時出版個人首部小說作品《日安憂鬱》，獲得評論家一致讚賞，進而一躍成為法國文壇新星，爾後陸續發表多部小說及戲曲作品，一九七八年曾到過日本。

可可・香奈兒

一八八三－一九七一年，出生於法國的曼恩・羅亞爾省，本名為嘉布麗葉兒・波納・香奈兒。一九一〇年，她在巴黎康朋街創立了第一家店，名為「Chanel Modes」，並陸續發表許多自創的服飾，以實用且活潑的設計聞名，引領著巴黎的時尚潮流。她最廣為人知的是設計感十足的服裝飾品及高級訂製服，以及以她的名字命名的「香奈兒五號」香水。

奧黛麗・赫本

一九二九－一九九三年，出生於比利時的布魯塞爾。第二次世界大戰後，她開始以模特兒為業，並到倫敦尋求發展。爾後獲得威廉・惠勒導演的賞識，獲選為《羅馬假期》的女主角，並一舉拿下奧斯卡金像獎最佳女主角獎，成為舉世聞名的人氣女演員。電影代表作有《第凡內早餐》、《窈窕淑女》、《偷龍轉鳳》等。

岡本敏子

一九二六－二〇〇五年，出生於日本千葉縣。在東京女子大學求學期間認識了岡本太郎，歷經出版社的工作洗禮後，成為岡本太郎的祕書。爾後，無論是太郎在創作或取材時，她都隨侍在側，兩人一起攜手度過了五十年的時光。晚年她成為太郎的養女，在太郎去世之後，她則以「岡本太郎紀念館」館長的身分活躍於藝術圈。

艾瑞絲・愛普菲爾

一九二一年出生於美國紐約，與丈夫一起創立了紡織品公司，並提供家具修復的服務。曾負責白宮的室內裝潢設計。二〇〇五年，於大都會美術館舉辦愛普菲爾個展，多樣化的時尚風格吸引大量關注，迄今仍以高齡時尚達人活躍於流行時尚圈。

尚・保羅・沙特

一九〇五－一九八〇年，出生於法國巴黎。學生時期在高等師範學校就讀，取得哲學系教授資格後，仍舊獨自進行現象學的研究，並於一九四三年發表《存在與虛無》一書。第二次世界大戰結束後，他引領著存在主義的浪潮，精力十足地撰寫了非常多作品，當中包含小說、文學評論、政治論文等等。一九六四年獲得諾貝爾文學獎，但他決定拒領。

羅歇・卡尤瓦

一九一三年—一九七八年，出生於法國蘭斯。自高等師範學校畢業後，他與巴代伊及科羅索夫斯基攜手創辦了「社會學研究會」，並投身於開創性的批評活動之中。主要作品有《人性與神性》、《遊戲人間》等。在文學、社會學、民俗學、昆蟲學、物理學、礦物學等多樣化的知識之中，提出了學習新知的研究方法。

尚・雅克・盧梭

一七一二—一七七八年，出生於日內瓦共和國。遊歷過法國及義大利等國之後，他在巴黎與百科全書派的哲學家們廣泛交流。他的論文著作《學問藝術論》主要的內容是針對文明進步的批判，結果不僅拿到了獎學金，更為他帶來名聲。爾後陸續創作了《論人類不平等的起源與基礎》、《社會契約論》等書，其中，《愛彌兒》一書更提及全人公民教育相關內容，倡導私有財產制及人民主義的共和制思維。

艾力・賀佛爾

一九〇二—一九八三年，出生於美國紐約的德國移民家庭。七歲時他的母親離世，緊接著他自己則失去了視力，直到八年後，視力才突然之間恢復正常。彷彿為了挽回過往的時光一般，他在重見光明後便開始拚命閱讀。父親去世後，他搬到加州，一方面找工作，一方面持續思考。蒙田所寫的《隨筆全集》令他印象深刻，因此他一邊在港口區從事碼頭搬運工作，一邊撰寫《波止場日記》等著作，書中充滿「社會不適應者」對於這世界的敏銳觀察。因此，他也被稱之為是「碼頭工哲學家」。

阿圖爾・叔本華

一七八八—一八六〇年，出生於但澤富裕的

銀行家家中，在哥廷根大學主修歷史、自然科學及哲學等科目。除了柏拉圖及康德的西洋形上學之外，他對於印度「吠檀多」哲學派等等的東洋思想也相當關注。主要著作《作為意志與表象的世界》一書，對後世的瓦格納、尼采、湯瑪斯・曼等人帶來巨大影響。

漢娜・鄂蘭

一九〇六－一九七五年，出生於德國林登市（漢諾瓦近郊）的一個猶太家庭。她分別在馬爾堡大學向海德格學習；在海德堡大學向雅斯佩斯學習；在弗萊堡大學向胡塞爾學習。納粹政權確立之後，她先後逃亡至法國及美國。主要著作有《極權主義的起源》、《人的境況》等書。取材自阿道夫・艾希曼審判過程的《艾希曼在耶路撒冷》一書，提出「邪惡的平庸」觀點，結果令她被捲入了爭論之中。

西蒙・韋伊

一九〇九－一九四三年，出生於法國巴黎的猶太家庭，在亨利四世中學跟著阿蘭學習。高等師範學院畢業後，她輾轉在各地的中學擔任哲學老師。一九三四年，她以「新手女工」的身分進到工廠工作；一九三六年則以義勇兵的身分參加了西班牙內戰。納粹占領巴黎之後，她便流亡至美國投靠哥哥安德烈（知名的數學家）。之後，她獨自前往倫敦，加入德國抵抗運動，可惜不幸於倫敦近郊的療養院病逝，德年三十四歲。

馬丁・海德格

一八八九－一九七六年，出生於德國的梅斯基希。在弗萊堡大學向海因里希・李凱爾特學習，並在胡塞爾的影響下，開始研究現象學。他先後曾於馬爾堡大學擔任大學助理教授，以及在弗萊堡大學擔任大學教授，同時兼任教務長。第一次世界大戰後，由於他加入了納粹陣營，教職身分遭到剝奪。主要著作有《存在與時間》等書。

約翰・史都華・彌爾

一八〇六－一八七三年，出生於英國倫敦。在父親的主導下，從小他就接受英才教育，深受邊沁的功利主義思想所影響。他是十九世紀英國的哲學家代表之一，也被稱之為是古典經濟學的完成者。主要著作有《自由論》、《功利主義》等書。

三木清

一八九七－一九四五年，出生於日本兵庫縣。在京都帝國大學向西田幾多郎學習。到德國留學時，則接受了李凱爾特及海德格的指導。至法政大學擔任教授之後，仍以馬克思主義及唯物論為基礎，持續研究人類學。後因違反治安維護法而被關進了監獄，同時失去了教職。二戰戰敗前，他再次受到檢舉，直到二戰結束後，他就因為衛生條件太過惡劣而死在獄內。

索倫・奧貝・齊克果

一八一三－一八五五年，出生於丹麥哥本哈根的一個富商家庭。在哥本哈根大學主修神學，自其父親去世後，便全心全意投入哲學及神學的研究。與雷吉娜・奧爾森結婚，爾後又離異的過程，為他帶來相當大的影響。對於黑格爾及謝林的觀念論，他有諸多批評，並從中衍伸出「單一個體」、「主體性」等概念，發展出自成一派的存在主義思維。

赫曼・赫塞

一八七七－一九六二年，出生於德國南部的卡爾夫，在牧師家庭中長大。在父親的影響下，他進入神學院就讀，但因為認定自己「除了詩人，沒有其他想做的事」，因此選擇逃跑。經過幾次轉職之後，他在書店成為店員，並發表了第一本著作《鄉愁》。由於鄉愁一推出就廣受好評，因此他也就成為了作家。他的作品主要都是在倡導和平主義，所以遭受到納粹政權的打壓。第二次世界大戰結束後，他於一九四六年獲得諾貝爾文學獎。

布萊茲・帕斯卡

一六二三－一六六二年，出生於法國的克萊蒙費朗。因受到皇港修道院所教導的內容吸引，所以展開了嚴格且熱血的信仰生活。立志撰寫基督教辯證論相關書籍，可惜壯志未酬身先死。後人將其遺留下來的稿件匯集成《思想錄》一書，對二十世紀的存在主義帶來莫大影響。另一方面，作為科學家及數學家，他的「帕斯卡原理」、「帕斯卡定理」也相當廣為人知。

黑格爾

一七七〇－一八三一年，出生於斯圖加特市。在圖賓根神學院學習，爾後在吉納、海德堡等地擔任教職，並成為柏林大學的教授。與費希特及謝林齊名，同為德國觀念論的哲學家代表。主要著作有《精神現象學》、《歷史哲學講演錄》、《法哲學講演錄》等書。

黑柳徹子

出生於東京乃木坂，先後就讀於巴學園、香蘭女學校，並於東京音樂大學聲樂系畢業，爾後進入ＮＨＫ放送劇團，成為ＮＨＫ專屬頭號電視女主角，在演藝圈相當活躍。日本第一個談話性節目《徹子的房間》迄今已有四十七年。另一方面，她也是日本「UNICEF協會」的親善大使，以及社會福利法人荳荳基金的理事長，長年投入公益活動。其作品《窗邊的小荳荳》在日本已寫下銷售八百萬本的暢銷紀錄。

引用文獻

第一章

1 尼采《查拉圖斯特拉如是說（下）》，丘澤靜也譯，光文社古典新譯文庫，二〇一一年。

2 笛卡兒《方法論》，谷川多佳子譯，岩波文庫，一九九七年（譯文參考及修潤自小川仁志《世界の哲学家の言葉から学ぼう一〇〇名言でわかる哲学入門》的版本，教育評論社，二〇一八年版）。

3 阿蘭《幸福論》，石川湧譯，角川ソフィア文庫，二〇一一年。

4 柳沼重剛編，《希臘羅馬名言錄》，岩波文庫，二〇〇三年（譯文有部分修改）。

5 雅斯佩斯《哲學入門》，草薙正夫譯，新潮文庫，一九五四年。
6保羅・瓦勒里《瓦勒里選集（上）》，東宏治、松田浩則編譯，平凡社ライブラリ，二〇〇五。
7亞里斯多德《尼各馬可倫理學（下）》，渡邊邦夫、立花幸司譯，光文社古典新譯文庫，二〇一六年。
8維克多・弗蘭克《それでも人生にイエスを言う》，山田邦男、松田美佳譯，春秋社，一九九三年。
9羅莎・盧森堡《獄中書簡（新裝版）給蘇菲・李卜克內希》，大島かおり編譯，みすず書房，二〇二一年（譯文由宇波彰修潤，女性哲學研究會編《女性哲學男人是什麼？ 人生又是什麼？》PHP研究所，二〇一四年引用）。
10霍華德・凱吉爾等人《班雅明》，久保哲司譯，ちくま学芸文庫，二〇〇九年。
11茱麗葉・畢諾許《工作與家人將會為人生帶來意義》《Numero Tokyo》二〇一九年十月十一日。
12摘錄自桃井薰紙牌文字。

第二章

13歌德《歌德名言錄》，高橋健二編譯，新潮文庫，一九九一年。
14塞內卡《論生命之短暫　第二篇》，大西英文譯，岩波文庫，二〇一〇年（譯文經過部分簡化、精修）。
15德蕾莎修女《德蕾莎修女　愛的語錄》，いもとようこ繪製，女子パウロ会，一九九八年。
16阿蘭《幸福論》，石川湧譯，角川ソフィア文庫，二〇一一年。
17路德維希・維根斯坦《邏輯哲學論》，丘澤靜也譯，光文社古典新譯文庫，二〇一四年。
18歌德《歌德名言錄》，高橋健二編譯，新潮文庫，一九九一年。
19笛卡兒《感情論》，谷川多佳子譯，岩波文庫，二〇〇八年（譯文經過部分簡化、精修）。
20角倉まりこ《瑪麗亞・贊布拉諾詩學》，

日本國際詩人協會，二〇一八年（譯文經過部分修改）。

21 樹木希林《一切隨心　樹木希林語錄》，文春新書，二〇一八年（初次露出為二〇一六年五月三十日出版的《AERA》雜誌報導內容，《你變成你想成為的那種大人了嗎？》阿部寬×樹木希林）。

22《看見真相的女星　茱麗葉・畢諾許》《the fashion post》

第三章

23 金森誠也編譯《康德語錄　成為一個可以掌控自我的人吧　大哲學家教你的人生祕訣》，PHP研究所，二〇一五年。

24 芙烈達・卡蘿《芙烈達・卡蘿日誌》，星野由美、細野豐譯，預定刊載於《富山房インターナショナル》。

25 埃里希・弗羅姆《新譯版　愛》，鈴木晶譯，紀伊國屋書店，一九九一年。

26 埃里希・弗羅姆《新譯版　愛》，鈴木晶譯，紀伊國屋書店，一九九一年。

27 森誠也編譯《康德語錄　成為一個可以掌控自我的人吧　大哲學家教你的人生祕訣》，PHP研究所，二〇一五年。

28 西蒙・波娃《西蒙・波娃作品集第六巻第二性》，生島遼一譯，人生書院，一九六六年（譯文有部分修改）。

29 阿蘭《幸福論》，石川湧譯，角川ソフィア文庫，二〇一一年。

30 尼采《查拉圖斯特拉如是說（下）》，丘澤靜也譯，光文社古典新譯文庫，二〇一一年。

31 佛蘭西絲・莎崗《愛と同じくらい孤独》，朝吹由紀子譯，新潮文庫，一九七九年。

32 山口路子《可可・香奈兒語錄》，だいわ文庫，二〇一七年。

33 山口路子《奧黛麗・赫本語錄》，だいわ文庫，二〇一六年。

34 山口路子《可可・香奈兒語錄》，だいわ文庫，二〇一七年。

35 岡本太郎、岡本敏子《愛する子言葉》，イースト・プレス，二〇〇六年。

36 三六摘錄自《艾瑞絲・愛普菲爾　94歲的紐約客》（配送：KADOKAWA，二〇一四年製作，美國）

第四章

37 尚・保羅・沙特《存在主義是什麼？》伊吹武彥等人譯，人文書院，一九九六年（譯文經過部分修改）。

38 羅歇・卡尤瓦《遊戲人間》，多田道太郎、塚崎幹夫譯，講談社學術文庫，一九九〇年。

39 盧梭《ユミール（上）》今野一雄譯，岩波文庫，一九六二年。

40 盧梭《ユミール（上）》今野一雄譯，岩波文庫，一九六二年。

41 小川仁志《艾力・賀佛爾　愛自己的一〇〇句名言　勤奮哲學家的人生論》，PHP研究所，二〇一八年（譯文經部分修改）

42 尼采《善惡的彼岸》，中山元譯，光文社古典新譯文庫，二〇〇九年。

43 阿圖爾・叔本華《孤獨與人生》，金森誠也譯，白水UBOOKS，二〇一〇年。

44 歌德《歌德名言錄》，高橋健二編譯，新潮文庫，一九九一年。

45 塞內卡《論生命之短暫　第二篇》，大西英文譯，岩波文庫，二〇一〇年。

46 漢娜・鄂蘭《人的條件》，治水速雄譯，ちくま学芸文庫，一九九四年（譯文經部分修改）。

47 阿蘭《幸福論》，石川湧譯，角川ソフィア文庫，二〇一一年。

第五章

48 西蒙・韋伊《重力與恩寵》，田邊保譯，ちくま学芸文庫，一九九五年。

49 馬丁・海德格《存在與時間（下）》，細谷貞雄譯，ちくま学芸文庫，一九九四年。

50 約翰・史都華・彌爾《論自由》，齊藤悅則譯，光文社古典新譯文庫，二〇一二年。

51 尼采《善惡的彼岸》，中山元譯，光文社古典新譯文庫，二〇〇九年。

52 《ルイーゼ・カウツキー編，「羅莎・盧

森堡書簡》，川口浩、松井圭子譯，岩波文庫，一九六三年（譯文由宇波彰修潤，女性哲學研究會編《女性哲學　男人是什麼？　人生又是什麼？》PHP研究所，二〇一四年引用）。

53 三木清《人生論筆記》，新潮文庫，一九七八年。

54 索倫・奧貝・齊克果《美妙的人生觀》，飯島宗享譯，未知谷，二〇〇〇年。

55 赫曼・赫塞《赫塞的人生格言　基本版》，白取春彥編譯，ディスカヴァー・トゥエンティワン，二〇一六年。

56 帕斯卡《パンセ》，前田陽一、由木康譯，中公文庫，一九七三年（譯文引用自二〇一七年原田まりる《每日哲學》，ポプラ社）。

57 黑格爾《「法哲學講演錄　一》藤野涉、赤澤正敏譯，中公クラシックス，二〇〇一年。

58 笛卡兒《方法論》，谷川多佳子譯，岩波文庫，一九九七年。

59 帕斯卡《パンセ》，前田陽一、由木康譯，中公文庫，一九七三年（譯文引用自二〇一七年原田まりる《每日哲學》，ポプラ社）。

60 摘錄自《FRaU》雜誌創刊二十五週年紀念號（二〇一六年十月）內容。

參考文獻（不照順序）

● 米蘭昆德拉《生命中不能承受之輕》，千野榮一譯，集英社文庫，一九九八年。

● 達賴喇嘛十四世《抱くことば》，イースト・プレス，二〇〇六年。

● 井上雄彥《灌籃高手》，集英社，一九九一－一九九六年。

● B・ラッセル《幸福論》，安藤貞雄譯，岩波文庫，一九九一年。

● ウイリアム・シアーズ、マーサ・シアーズ、ジェームズ・シアー，《西爾斯博士夫妻的育兒經》（シアーズ博士夫妻のベビーブック），田草川あや譯，主婦之友社，二〇一五年。
● 孔子《論語》，金谷治譯注，岩波文庫，一九九九年。
● 能井丸鳩《人生折返點是幾歲？》《NEWSCAFE》
● 大澤真知子《女性勞動》、《日本勞動研究雜誌》二〇二〇年四月號。
● エン・ジャパン株式会社《育有小孩的女性，就業率為五十二%，正社員率為〇%》《HUFFPOST》二〇一五年八月十三日報導。
● 《女性認為被愛才是幸福》，這是真的嗎？　《日経WOMAN》二〇一三年九月號
● 原田まりる《每日哲學》，ポプラ社，二〇一七年。
● T・バトラーボードン《世界哲學50本名著　新裝版》，大間知知子譯，ディスカヴァー・トゥエンティワン，二〇一五年。
● 山本光雄編譯《初期古希臘哲學家零散集》，岩波書店，一九五八年。
● 阿蘭《阿蘭的幸福論　基本版》，齊藤慎子譯，ディスカヴァー・トゥエンティワン，二〇一五年。
● 笛卡兒《省察》，山田弘明譯，ちくま学芸文庫，二〇〇六年。
● 卡爾・雅斯佩斯《關於我們的戰爭責任》，橋本文夫譯，ちくま学芸文庫，二〇一五年。
● 森一郎編《近代日本思想選　三木清》，ちくま学芸文庫，二〇二一年。
● 幡野廣志《為什麼會問我呢？》幻冬社，二〇二〇年。
● いもとようこ《つきのように》，岩崎書店，二〇〇四年。

嬉文化

廣末涼子散文集「廣末的思考地圖 幸福的樣子」

（原名：広末涼子エッセイ『ヒロスエの思考地図 しあわせのかたち』）

作者／廣末涼子　譯者／李喬智
執行長／陳君平　榮譽發行人／黃鎮隆
協理／洪琇菁　國際版權／黃令歡、梁名儀
總編輯／呂尚燁　美術編輯／方品舒
執行編輯／陳昭燕　企劃宣傳／陳品萱
發行／英屬蓋曼群島商家庭傳媒股份有限公司城邦分公司　尖端出版
台北市中山區民生東路二段一四一號十樓
電話：（〇二）二五〇〇—七六〇〇（代表號）
傳真：（〇二）二五〇〇—一九七九
中彰投以北經銷（含宜花東）／楨彥有限公司
電話：（〇二）八九一九—三三六九
傳真：（〇二）八九一四—五五二四
雲嘉經銷／威信圖書有限公司　嘉義公司
電話：（〇五）二三三—三八五二
傳真：（〇五）二三三—三八六三
南部經銷／威信圖書有限公司　高雄公司
電話：（〇七）三七三—〇〇七九
傳真：（〇七）三七三—〇〇八七
香港總經銷／城邦（香港）出版集團有限公司
香港灣仔駱克道193號東超商業中心1樓
電話：（八五二）二五〇八—六二三一
傳真：（八五二）二五七八—九三三七
E-mail：hkcite@biznetvigator.com
馬新經銷／城邦（馬新）出版集團　Cite(M)Sdn.Bhd.
E-mail：Cite@cite.com.my
法律顧問／王子文律師　元禾法律事務所
台北市羅斯福路三段三十七號十五樓
二〇二三年五月一版一刷

■中文版■

郵購注意事項：
1. 填妥劃撥單資料：帳號：50003021戶名：英屬蓋曼群島商家庭傳媒(股)公司城邦分公司。2. 通信欄內註明訂購書名與冊數。3. 劃撥金額低於500元，請加附掛號郵資50元。如劃撥日起 10～14日，仍未收到書時，請洽劃撥組。劃撥專線TEL：(03) 312-4212 ・ FAX：(03) 322-4621。E-mail：marketing@spp.com.tw

國家圖書館出版品預行編目資料

廣末涼子散文集「廣末的思考地圖 幸福的樣子」／
廣末涼子作 ； 李喬智譯. -- 初版. --臺北市：尖端出版,
2023.05　面 ； 公分. --(嬉文化)
譯自:広末涼子エッセイ
『ヒロスエの思考地図 しあわせのかたち』
ISBN 978-626-356-555-5(平裝)

861.67　　112003798